瓷上的火焰

THE FIRE ON THE PORCELAIN

卢卫平 著

南方出版传媒
花城出版社
中国·广州

图书在版编目（CIP）数据

瓷上的火焰 / 卢卫平著. -- 广州 : 花城出版社, 2021.12
ISBN 978-7-5360-9600-4

Ⅰ. ①瓷… Ⅱ. ①卢… Ⅲ. ①诗集－中国－当代 Ⅳ. ①I227

中国版本图书馆CIP数据核字(2021)第256940号

出 版 人：肖延兵
责任编辑：李 谓 安 然
技术编辑：林佳莹
扉页插图：李路平
封面设计：

书　　名	瓷上的火焰 CISHANG DE HUOYAN
出版发行	花城出版社 （广州市环市东路水荫路 11 号）
经　　销	全国新华书店
印　　刷	佛山市迎高彩印有限公司 （佛山市顺德区陈村镇广隆工业区兴业七路 9 号）
开　　本	880 毫米 ×1230 毫米　32 开
印　　张	8
字　　数	179 千字
版　　次	2021 年 12 月第 1 版　2021 年 12 月第 1 次印刷
定　　价	58. 80 元

如发现印装质量问题，请直接与印刷厂联系调换。
购书热线：020-37604658　37602954
花城出版社网站：http：//www.fcph.com.cn

卢卫平

1965年9月生于湖北红安，现居珠海。出版《异乡的老鼠》《向下生长的枝条》《尘世生活》《各就各位》《浊酒杯》《打开天空的钥匙》《一万或万一》《留言簿》《我后悔让这块石头开花》《蒙尘的镜子》等诗集。获第三届华文青年诗歌奖、2008年《诗刊》年度优秀诗人奖、2007年首届中国《星星》年度诗人奖、第九届广东省鲁迅文学奖、2018年首届草堂诗歌奖年度实力诗人奖、第四届中国·天水“李杜诗歌奖”等奖项。诗作入选《中国新诗总系》等200多种选本。有诗作被翻译成英文、葡萄牙文、瑞典文、俄文、日文等国文字发表。

序

PREFACE

诗歌笔记

1. 在《辞海》关于“一”的词条中，我找到了诗歌的一个秘密，就是在最简单的词语中看见事物的复杂性和丰富性。

2. 我一辈子也许不能从天空中裁下一片蓝，但我不会放弃在词语中寻找梯子，在诗中磨我的剪刀。

3. 因为飞翔，我经过的地方没留下脚印。因为想象，我没有见过的景物，留下了深刻的诗句。

4. 写一首好诗的创作谈——灵感的独木桥上，词语向我迎面走来。

5. 诗人最佳的睡姿是侧睡，一只耳朵紧贴大地听种子发芽，一只耳朵朝向天空听星星密语。

6. 海浪在沙滩上，写着相同的句子，我必须在每个相同的句子里读出不同的涛声。

7. 海螺在我书桌上三十多年了，我熟悉它身上每一道花纹和花纹上的尘粒，但当我将耳朵贴近它时，我听到的仍是陌生而新鲜的大海。

8. 一首光的诗，比一首蜗牛的诗，读起来更缓慢。写一首大海的长诗，并不比写一首一滴水的长诗容易。

9. 唐诗之夜，在李白的独酌中品杜甫的秋兴，在张若虚的月色里听白居易的琵琶。坐在火炉边读宋词，我试图在大雪封门夜，听见那只寒蝉发出盛夏的嘶鸣。

10. 给一块木头写诗，就是让这块木头更好地献身火焰，让它的火焰从别的火焰中区分开来，让它留下的灰烬，成为永恒的回忆。如果木头写火焰的同题诗，除了灰烬，还有另外的结尾吗？

11. 一条鱼写的比喻句——如果海水是天空，那么浪花就是白云。

12. 一个闪电的句子，能照亮，一首乌云的诗。

13. 触景生句：暮色之网，用夕阳的诱饵，捕捞波浪的鱼群。

14. 对复杂性的执迷，让我喜欢玫瑰的刺，胜过它的芳香和美丽。

15. 我对超现实主义的一种理解，用黑夜的墨水，在白昼的稿纸上写一首傍晚的诗。

16. 对一个诗人而言，兑现一个词语唯一性的承诺，比满足一个词语表达的欲望更难。杜鹃，让成语鸟语花香，成为互文修辞。

17. 错过灿烂朝霞的诗人说——我诗歌辉煌的晚霞，将在生活的黄昏时来临。

18. 腾云驾雾，御风而行。我孜孜以求的就是在诗歌中，用风中的云雾制造我的飞行器。

19. 诗歌服从于内心的需要，在深夜，我面对不可能被照亮的事物，仍然不忘点燃灯盏，直到黎明来临。

20. 诗人是词语的囚徒，也是词语的看守，只有诗能让诗人的这两个身份和解。

21. 乡土诗人打工归来，村头老井里自古以来就坐井观天的青蛙，成了诗中仰望星空的王子。

22. 一首诗写到一半写不下去时，扛两袋水泥从一楼走到楼顶，都比写一个字轻松。

23. 大学一年级那个蒙蒙细雨的下午，去听《高山下的花环》小说讲座走错了教室，让我从此成为一个诗人。到大学讲课时，我常用这个事例，讲诗歌的必然性和诗人的偶然性。

24. 伤口愈合了，但伤口这个词，不会愈合。一看见这个词，我的心就隐隐作痛。词语精确的难度在于，词语表达意义，又遮蔽意义。

25. 只有炉火纯青的技艺，没有外行的勇气，是写不好实验诗的。

26. 如果哲学，是不可思议的思议，那么诗歌，就是不可言说的言说。

27. 闪电的诗句，除了雷声，谁还能朗读?

28. 诗与歌的区别之一：诗，朗诵家永远无法遮盖诗人的荣光；歌，演唱者常常比创作者赢得更大的声响。

29. 在波涛的激情和礁石的理性的碰撞中，大海写出浪花的诗篇。

30. 在纸上画钢琴的琴键，失聪后，诗人用这种方式弹他的肖邦。

31. 早起的鸟儿有虫吃，我诗中写到的鸟儿都早起，但我不让它们吃虫子。

32. 同一场雪，因我心情的变化，我用了飞舞和飞扬这两个词。树要长多高我才能在描述树梢时，创造一个新词——树巅。

33. 此刻，太阳照着大海，但我看见海水上闪耀着的，是特朗斯特罗姆诗句中的远古之光。风在波浪中翻阅大海，我在冥想中，细读一艘沉船。

34. 为一张纸片找一个家——在纸片上写几句诗，然后夹在一本自己最喜欢的诗集里。

35. 写诗就像翻绳游戏，同一根绳子，在词语的手指间，翻出不同的诗的图案。

36. 诗人在写到主人公终于露出笑脸时，他哭了，号啕大哭。

37. 尘埃不会因为你的忽略，而放弃它在阳光里的舞蹈，因此，似乎所有的诗人都写过尘埃。

38. 一个初学者向一首经典学习写诗，就像一个新骑手用一匹老马，练习骑术。

39. 我只有写到大地时，我诗歌的天空，才显得纯净，高远。诗歌就是用熟悉的葡萄，酿造出陌生而回味无穷的葡萄酒。

40. 只有诗歌，让博尔赫斯当家禽检查员，也能成为一种荣耀。杜甫草堂，生前的一间茅屋，变成身后的一座殿堂，一首诗就能够完成。

41. 黑夜的瓦罐里，一剂回忆的中药，陪着我的无题诗熬到天明。

42. 将每一首诗都当作自己第一首诗写，这是天才。将每一首诗当作自己最后一首诗写，这是大师。

43. 我的诗歌理想——用今天的笔蘸着昨天的墨水，写明天的诗。

44. 阅读，是诗人的休渔期，书页翻动的波浪下，一条条诗歌的大鱼在生长。

45. 诗人不会在一首写沙漠的诗里，告诉你绿洲在哪里，诗人希望这首诗里的沙漠，因为你的阅读成为绿洲。

46. 要经历怎样的忧伤，我才会用熄灭这个词，来形容一朵花的凋谢。

47. 诗人的矫情或陋习——当很多读者说他某首诗是杰作时，他一定会说他更喜欢他的另一首诗。

48. 诗是诗人的分身术。诗人站在大海边，既在此岸，又在彼岸。

49. 湖水像玻璃一样透明，但我的诗，只写一只灰色的野鸟，掠过湖面那一瞬间的暗影。一个诗人写画评——照亮这幅人体画的，是画中的阴影。

50. 如果没有诗歌，时间的每一声嘀嗒，都将成为死亡向我逼近的脚步声。诗歌抵抗死亡，诗歌拒绝遗忘。

51. 在冰中能听见流水的音乐的人，能最早在诗中听到春天花开的声音。

52. 一首诗，在我默念时是清晰的，在朗诵家大声朗诵时，却变得晦涩。

53. 一首诗，它可以是无用的，但它的每一个词语必须有效。

54. 作为诗人，我最愧疚的就是闪电，我无数次试图在它划过天空时写下这个词，总是还没落笔它就消失了。

55. 在诗歌中，语言便秘是痛苦的，但最不能忍受的，是语言的腹泻。

56. 自在，是一切事物最诗意的表述。诗人的所有努力，就是通过语言，无限接近事物的自在。

57. 读诗人的传记时写下的一句话——如果大海想谈恋爱，谁会要求大海只爱一座岛屿，一片浪花。

58. 在喧嚣中要沉默很久，一个诗人，才能在诗中，听到自己的声音。

59. 写青蛙的诗，不能只听它的鸣叫，每一只无言的蝌蚪，都藏着一部青蛙的秘史。

60. 意义含混，暧昧，幽暗，甚至隐蔽的诗歌，它的词语也是赤裸的。最残忍的谎言总能找到最温情的表达，是谁，背叛了词语？

61. 诗人和小说家最显著的区别之一，小说家玩的是词语的杂技，而诗人玩的是词语的魔术。将陌生的事物熟悉化，是散文家常做的功课，将熟悉的事物陌生化是诗人必备的技艺。

62. “一匹马在我长长的影子里吃草。”我将美国诗人赖特的这句诗改为：一匹马在草里吃着我长长的影子。谁更深度意象？

63. 为了抵抗未来的时间，诗人在词语的城堡里，躲避当下的读者。不要解开我诗中的谜团，跟我一起陷入谜团，甚至陷得比我还深。我喜爱这样的读者。

64. 大海自古以来只谱曲不填词，大海要让所有的诗人在它的曲谱中，去寻找词的波峰浪谷。

65. 诗人必须有这样一双眼睛，在冰的镜子里看见花的绽放，在露珠的闪光中看见黑夜留下的足迹。经验的铁砧上，诗的铁锤在敲打着烧红的词语，冷却，让一块即将熔化的铁成为镰刀。

66. 为一本写诗的稿纸，索德朗格卖掉自己最心爱的内衣和最后一瓶香水。缪斯是残酷的，缪斯也是仁慈的。

67. 大师将词语的风筝，用技艺的线牵在手中，飞得越高，越懂得控制。

68. 闪电穿透乌云不是为了照亮自己，闪电只呈现乌云的黑暗和天空的辽阔，闪电在写诗。

69. 蚂蚁的诗篇要放声歌唱，大地的诗篇只能低语，甚至默不作声。

70. 兰波二十二岁就完成了一生的写作，三十七岁就成为不朽的诗人，上帝不会多给他一分钟时间让他成为其他人。

71. 当一个诗人跟不上时代的速度，他可以转身向他出发的地方走去，他用这种方式成为先锋。

72. 篝火熄灭了，舞蹈的人在睡梦里露出肤浅的笑容，我借着寒冷的星光，在灰烬中寻找能复燃的词。

73. 他一生中最灿烂的夕阳，是在医院的阳台上看到的。他将生命的诗意归功于意外的疾病。

74. 记忆和回忆的区别，比如我写这样的诗句：蜡烛闪烁的夜晚，我从一些陈旧的事物中榨出一杯鲜美的橙汁。那些陈旧的事物是记忆，这杯鲜美的橙汁是回忆。

75. 我从不担心我手中的笔会干涸，只要灯不熄灭，我就能从墙上我的影子里挤出墨水。

76. 李清照说：没有一种嗜好比另一种嗜好更好。李清照的这个说法同样适用于诗歌，没有一首杰作比另一首杰作更好。

77. 同一滴泪，但我总觉得用垂泪这个词，比用落泪这个词，泪滴更大更沉重也更悲痛。

78. 写诗就像考古，用词的铲子在经验的泥土里挖掘，让被意义遮蔽的事物在重见天日时回到事物本身。

79. 整理书架时，我总是让生前争吵最激烈的两个诗人的诗集紧挨在一起。

80. 本雅明最大的“野心”就是用引文构成一部伟大的著作，不知他的这个“野心”，是否包括用引文写一部诗集?

81. 写诗不是比速度，特朗斯特罗姆一生只写了不到200首诗，跑得最慢的人可能跑得最远。

目录
CONTENTS

分 离

酒瓶睡了
桌上只剩下我和骨头
我听见被锋牙利齿咬过的骨头
张开伤口说话
它没有恨我，它向我问好
它劝我出门在外要少喝酒
夜深了，别凉着胃
别在路灯下看自己的影子
它怀念起和肉相依为命的日子
那多么幸福，虽然是在乡下
虽然只是在一只瓦罐里相遇
它是什么时候学会普通话的
但我依然从它的卷舌音里听出乡音
是我和几个乡亲的聚会
让它骨肉分离
现在，乡亲们走了
也许永远不再回来
我们谁是骨头，谁是肉

我们在岁月的噬咬下
骨肉分离后，有谁能留下来
听听我的骨头用方言搭几句家常

2005.3

草丛中的旧轮胎

是什么草
不用去辨认
只希望这些草
在春天的雨水过后
疯狂生长
像旧轮胎在废弃之前
在高速公路上狂奔
让草一夜之间
覆盖旧轮胎
让旧轮胎看不见
铁栏杆外的新公路上
那些正在奔跑的轮胎
是谁让它们躺在草丛中的
那是初秋
草开始枯黄
一部分树叶
因为风大已落地
雪来过，得寸进尺

但雪表面的白
改变不了轮胎骨子里的黑
它被废弃后的苦痛
不是不能再奔跑
而是雪化了
它无法腐烂

2020.6.20

我后悔让这块石头开花

我敲开这块石头
我将一块大石头
变成许多小石头
叫作石头开花
石头开花就是石头开口说话
可当我看见一个个
跟着大风的脚步奔跑的小石头
在风停下来后也沉默不语
我就后悔让这块石头开花
我能忍受一块大石头
长久的沉默
但弱小者的沉默
总让我感到惶然不安

2019.5.6

多年后

多年后，我将年逾古稀
没有衣锦，我也还乡
写完这首诗，我就开始注意饮食
和卫生，坚持慢跑，不发怒
为多年后还能种丝瓜、小白菜
朝天椒、刀豆积攒一些力气
这是我一生相依为命的蔬菜
如果还有空闲，我将在我房前屋后
栽下一些竹子，竹子里的风声
会替我回忆我清贫的一生
如果下雪，竹叶上轻轻颤动的雪花
多像我的白发闪着逝去岁月的光芒
我有足够的耐心等到竹子拥挤时
开始编织竹篮，一天编一个
我为每个竹篮取一个乡土的名字
写五十字以内的编织笔记
这些无用的名字和笔记
只是为了给一模一样的竹篮

一个短暂的记忆和区分
一年三百六十五个竹篮，装着竹子生长
耗费的时光和我最后的积蓄
谁一无所有，谁口干舌渴
我愿意把所有的竹篮给他
我唯一的心愿就是他能打到水

2011.9

中年货车

我知道，还可以装一些不肯熄灭的酒
一些喜鹊吵不醒的梦，一些大海的豪言
一些闪电的愤怒和冰雪的泪水

但我不再装了。我要留下一些空间
让风吹过时有短暂的停留，为写着诗句的纸片
为一朵不愿意凋谢的墨菊

我知道，还可以用力踩没有生锈的油门
在不知终点的高速公路上狂奔
从群星闪烁的子夜到蒙蒙细雨的黎明

但我为了省下一些心跳
给开花的铁树，夕阳里散步的蜗牛
生锈的水龙头和记忆中所有越来越慢的事物

我走在来时的路上，遇见的人都似曾相识
当年栽下的白桦树，为远走他乡的落叶

回到枝头，一个冬天没合上眼睛

起点就要成为终点。我不再担忧
刹车会在玫瑰绽放的瞬间失灵
不再担忧悬崖上有拐不过的急弯

在这条路上，谁也无法调头
我应该还有足够的时间卸下青草的悲悯，豹子的名声
泥土的情感和像石头一样被反复命名的自己

大地上应该还有足够的山水
让我选择成为废铁后
最后安顿的地方

2011.6.1

年近半白

岁月的冬天不会将雪下错地方
白茫茫的镜子里，我的头发白了一半
窗前，半江碧水白白流走
母亲不在了，留下父亲在半个故乡
守着半边天空，白云千载，空悠悠
还赞美白露吗？它已在半夜凝结成霜
风雨中的半老徐娘
就是当年西湖边
那个朝思夜梦的白蛇娘子？
无法摘除的白内障里
萍水相逢爱过的人，一刀两断恨过的人
都已面目模糊。白日依山尽
但我不会再上鹳雀楼
我黄昏的阁楼里有一张白蒙蒙的书桌
一本白色封面的诗集在等着我
去听白鹤在旷野孤独地唳鸣
去看白鹭在暗夜忧郁地舞蹈
揉皱的稿纸上有我提前写好的墓志铭

我不会交白卷
我不会恐惧魔鬼交卷的铃声
酒肉过后，一棵白菜
足够陪伴我剩下的白发飘飘的半生

2012.10

在命运的暮色中

在命运的暮色中
一个盲人在仰望天空
一个聋子在问盲人，看见了什么
盲人说，看见了星星

聋子沿着盲人的方向望去
有星闪烁
聋子问，你是怎么看见的
盲人说，坚持仰望
就有不灭的星在内心闪耀

你听见星星在说什么
盲人问聋子
聋子说，星星正在和哑巴交谈
哑巴的手语告诉我
星星将引领我们走向光明的坦途

2003

玻璃清洁工

比一只蜘蛛小
比一只蚊子大
我只能把他们看成是苍蝇
吸附在摩天大楼上
玻璃的光亮
映衬着他们的黑暗
更准确的说法是
他们的黑暗使玻璃明亮
我不会担心他们会掉下来
绑着他们的绳索
不会轻易让他们逃脱
在上下班的路上
我看见他们
只反反复复有一个疑问
最底层的生活
怎么要到那么高的地方
才能挣回

2006.7

在水果街碰见一群苹果

它们肯定不是一棵树上的
但它们都是苹果
这足够使它们团结
身子挨着身子　相互取暖　相互芬芳
它们不像榴梿　自己臭不可闻
还长出一身恶刺　防着别人
我老远就看见它们在微笑
等我走近　它们的脸都红了
是乡下少女那种低头的红
不像水蜜桃　红得轻佻
不像草莓　红得有一股子腥气
它们是最干净最健康的水果
它们是善良的水果
它们当中最优秀的总是站在最显眼的地方
接受城市的挑选
它们是苹果中的幸运者骄傲者
有多少苹果一生不曾进城
快过年了　我从它们中挑几个最想家的
带回老家　让它们去看看
大雪纷飞中白发苍苍的爹娘

2002.1

投 票

一阵阵风吹
一片片落叶
排着队
向大地的票箱
投票
果实已成熟
稻谷已收割
它们赞成
秋天到来
它们反对
在我收到
母亲寄来的毛衣之前
气温骤降

2020.10.28

倾听

这么多的果实
是怎样在大地的黑暗里
找到树根
然后沿着树根
爬上树干
最后灯笼一样挂在枝头
在果园
我听不见果农的欢声笑语
只听到果实从冬天出发
经过春夏赶往秋天
奔跑的脚步声

2003.12

在钢厂热轧车间

九岁的一个午后
在村头铁匠铺的
一次铭心刻骨的烫伤
让我犹豫要不要
进入热轧车间
但广告牌上国际一流的字样
让好奇在一个闪念间
就战胜了犹豫
进入热轧车间
我看见一种钢在飞快中
轧切另一种钢
我走在天桥上
分不清是天桥
还是我的双腿
在巨大的轰鸣中颤动
每道工序都是自动化
我没有看见工人
在车间出口处

我自言自语
百炼钢化为绕指柔
我在机器的庞大
和我身躯的渺小的对比中
所露出的胆怯
是我在热轧车间十分钟里
最柔软的部分

2019.7

赤水的水

赤水的水是依山傍水的水
是山高水远的水
是秦砖汉瓦时叫鳛水的水
是魏晋风骨称大涉水安乐水的水
是千山万水的水
是山重水复的水
赤水的水是如蹈水火的水
是水宿山行的水
是跋山涉水的水
是背水为阵背水一战的水
是绝处逢生涸鲋得水的水
是救长征于水火的水
赤水的水是亲人送水来解渴的水
是军民鱼水一家人的水
是血浓于水的水
是水乳交融的水
赤水的水是四渡赤水的水
是毛主席用兵如神滴水不漏的水

是构思精妙裁云剪水的水
是红军蛟龙得水的水
是兵来将挡水来土掩的水
是金沙水拍云崖暖的水
是南湖的船直挂云帆击水三千的水
此刻，我像很多人一样站在赤水边
赤水的水是时光如水的水
是饮水思源的水
是初心不改滴水穿石的水
是白水鉴心的水
是逆水行舟的水
是千年古训水可载舟亦可覆舟的水
谁在把酒临风吟诗作赋
赤水的水是名山胜水的水
是山清水秀的水
是水调歌头的水
是青山看不厌流水趣何长的水
是蒹葭秋水的水
是桃花潭水深千尺的水
是春风沂水的水
是如鱼饮水的水
是上善若水的水

2021.6.25

富人小区的一次意外

突然的黑暗让人说话
让早应熟悉但直到
黑暗降临前还陌路的人
从各自的房间走出来
聚在楼下的草地上

没有一个窗口亮起蜡烛
停电的房间
没有人愿意多待一分钟
面容慈爱或狡黠
来不及辨清
从普通话的缝隙中
泄漏的几滴方言
是黑暗中相互交换的名片

谁也不是这座城市亲生的
一切就因为工业的父亲
让那么多人爱上城市

这个喜怒无常的继母
孩子抬头的那一刻
星星激动了
这时草地上的每一人都发现
楼上楼下左右隔壁
都住着结构相似的一家人
黑暗帮每个人找到
自己的邻居

1999.6

我在等它一脚踏空

它肯定是从鸟窝里
偷偷爬出来的
在轻轻晃动的枝丫上
它每走动一步至少需要
间隔三十秒
这三十秒是它用脚趾
紧紧抓住枝丫的时间
我能听见树叶响时
看见它的翅膀
试着打开
它收拢翅膀的速度
比它试着打开翅膀的速度要快
好像打开需要练习
而收拢天生就会
天色向晚
但我还站在树下
我在等它一脚踏空
等它的妈妈在暮色中
归巢之前
我能看见它的第一次飞翔

2020.1.25

荷尔德林

早晨醒来
我看见《荷尔德林传》躺在地上
书页仍然翻开着
这是我第三次读这本书
我试图从他的传记里
找到他精神失常后
他诗里的每个词
都异常清醒的原因
我躺在沙发上睡着了
我不知道书是什么时候
从我的手里掉到地上的
它一夜没睡
像荷尔德林即将离开
这个他一辈子都没有
抓住的世界的那个晚上
书页翻开着
但我没有听见他的咆哮
我睡得太沉

沉得没有一个梦
从我睡眠的深渊浮出水面
像荷尔德林一整天
没有走下阁楼

2021.5.7

四十三岁的弥尔顿

四十三岁的弥尔顿双眼失明
四十三岁的弥尔顿已不需要一双肉眼

从《失乐园》到《复乐园》
从撒旦到上帝，从哀歌到颂歌
他看到了彩虹之上的一切

为俗世的快乐，我削尖目光
在生活的缝隙钻研功利和虚荣
四十三岁的冰雪中
我才看见一朵微笑暗藏的钝刀
一张白纸包住的烈火

四十三岁的弥尔顿已不需要眼睛
四十三岁的我才睁开一双肉眼

合上他的传记，夜已深了
西窗上最闪亮的那颗星
就是弥尔顿啊，他照着无边的大地
照着我的敬畏和愧疚

2011.10.5

在白居易墓前

一个内蒙古人说　离离原上草
一个西藏人说　一岁一枯荣
一个海南人说　同是天涯沦落人
一个甘肃人说　相逢何必曾相识
一个杭州人说　回眸一笑百媚生
一个上海人说　六宫粉黛无颜色
一个长沙人说　在天愿作比翼鸟
一个武汉人说　在地愿为连理枝
一个南京人说　别有幽愁暗恨生
一个广州人说　此时无声胜有声
一个济南人说　野火烧不尽
一个长春人说　春风吹又生
他们都是说的方言
但每一句我都能听明白

2005

河边的白桦

长得越高
它身上的眼睛越多
但即使有一百只眼睛
它也不会去看一眼
河水用波纹
将它剑一样的笔直扭曲
成一根绳子
一道鞭子
一条蛇
它有自己的目标
就是向着天空生长
就是让在它的枝丫间
安置家小的鸟儿们
能把房子盖到弹弓
够不着的地方
它知道所有被河水扭曲的
终将随河水流走
它追赶的太阳
永远在它的头顶
为它加冕光耀的桂冠

2021.5.2

呼伦贝尔

一个饱经沧桑的人
在黄昏的呼伦贝尔
被草深深打动
这些弱不禁风的草
这些见了羊就低头的草
这些一辈子离不开泥土的草
这些像我的乡亲一样卑微的草
手挽着手
竟然跟着太阳走到了天边

2000.6

我为什么只想到了蚂蚁

一百万只黑山羊
在天空狂奔
人们纷纷回到屋里
关上窗子
将阳台花架上的花盆搬下来
不知蚂蚁是否接到
搬家的通知
黑山羊的雨脚
从天上踩下来
就是铁蹄
我不希望有蚂蚁受伤
雷声轰鸣
黑云压城
我不知道
我为什么只想到了蚂蚁

2019.5.10

尘埃里的村庄

书桌的右边角，是地球仪
五年了，书桌上的书，笔筒
笔记本，稿纸，水晶奖杯没停止过变动
但地球仪的位置没动过
像地球在太阳系中的位置
每个周末，我都会清理擦拭
桌面，但从未擦拭地球仪
地球仪上落满尘埃
像大雾笼罩着地球
这些尘埃，这些放大一百万倍
也无法在地球仪上
像一个国家的首都那样做出标记的尘埃
就是地球上无数的村庄
我出生的龙井冲
就在这尘埃里

2019.1.7

萤火虫

大早起来，我将在南瓜叶上
吸露珠的萤火虫装进
罐头玻璃瓶，大约有一百只
我等这些萤火虫，在父亲
吹灭煤油灯后，照亮九点后的
夜晚。我已经十岁了
半年前，我开始不适应
晚上九点就被强制睡觉
但我找不到父亲的火柴
藏在哪里。父亲的煤油灯
按时熄灭，我的萤火虫
却没有准点点灯，我忽略了
萤火虫是有翅膀的
它点灯，是为了照亮它的飞翔
但我没想到，这些萤火虫宁愿死
也不在一个封闭的罐头瓶里发光
昨晚的南瓜园，萤火虫的灯盏
星星点点，今晚漆黑一片

2018.8.28

苍蝇

我不喜欢苍蝇
我希望我的生活中
没有一只苍蝇
可当我独自一人
在屋檐下看见一只
苍蝇被蛛网绑架
看见横行霸道的蜘蛛
张着大嘴
向翅膀已成枷锁的苍蝇
向曾在我的纱窗外飞舞的苍蝇
像即将行刑的刽子手一样走去
我唯一的想法
就是捅破这张蛛网
拯救这只我永远不会
喜欢的苍蝇

2021.3.23

信号弹

小时候看黑白电影
看见信号弹
我就会跟着大人们
一起欢呼
大部队来了
敌人的末日就要到了
年过半百
还是那部黑白电影
看见信号弹
在响彻山野的冲锋号里
我沉默了
我知道
这部我一直喜爱的
电影就要剧终了
信号弹
那么刺眼而孤单

2018.10.15

再数一遍

回到故乡
我突然发现
那么多星星
那么多我三十年前
数错的星星
一直等着在城里埋头干活的我
抬起头来
把它们再数一遍

2003.2

蚂蚁上树

在向阳的一侧
一群蚂蚁排着队
像一根流动的墨线
从树根沿着树干爬向树顶
树不高，在三楼阳台
能用晾衣杆触碰到最高的叶片
但以蚂蚁的步幅，这是一次远征
我知道蚂蚁们不会成功登顶
不是因为路途遥远
而是枝丫繁密，岔路太多
它们会走散，会迷路
我看到蚂蚁们爬行到树干开始分叉时
就翻过树杈，从背阴的一侧
向下爬行。蚂蚁们的队伍仍然整齐
我估摸着，这一上一下
需要一整天的时间
这不仅取决于蚂蚁们的速度
更重要的是蚂蚁们从小

就养成的保持队列的习惯
快的要等等慢的
像吃大锅饭时生产队里
拿着碗排队的男女老少
树上没有蚂蚁们的饭粒
也没有蚂蚁能在树上
找到安身之所
蚂蚁们为什么要上树
像我刚南下到海边这座城市的
那几年，每天都忙忙碌碌
又无所事事

2020.2.28

悲悯让我不知所措

天黑了，零下了，他睡着了
在马路边，在贴有寻人启事的
围墙脚下。头枕着一张旧报纸
报纸上说全球变暖
南极冰雪加快融化
报纸下是一块砖，或者石头
胸口和腹部的两片枯叶
是风吹帮他盖上的
我要叫醒他
半小时，或一个小时后
他或许就永远无法醒来
我不能叫醒他。此时
他也许正在做梦，梦见自己
躺在老家的火炕上
盖着母亲缝制的棉被
也许，现在是他整个冬天
唯一感到温暖的时刻
叫，还是不叫
悲悯让我不知所措
让我回家的路
在黑暗中渐渐漫长

2008.2

乡下人

我是17号中铺，下铺的人
从肚子看像国企伙食科的科长
上铺是个生意人，左手的五个手指
戴着三个不同颜色的戒指
我的对面是18号床，下铺是半老徐娘
从背后看上去像一只用了十年的木桶
中铺是她的老公，他上铺时
我担心他会掉下来
上铺是一个少妇，浓妆艳抹
一对豪乳让你感到车厢的挤压
车过大窑山，广播就祝大家晚安
这是使人心动的消息
归心似箭，每一个人离自己的归宿
就隔着浅浅的一个梦
五分钟后，18号中铺就有青蛙在叫
我烦心的事发生了，坐火车
我最怕有人打鼾，在别人的鼾声里
听火车匆匆，越匆匆感觉越慢

紧接着17号下铺有猪在哼
17号上铺有老牛在磨牙
让我惊奇的是，18号下铺也有青蛙在叫
毕竟是多年的夫妻，他们将在
同一个频道的鼾声里白头偕老
18号上铺在翻来覆去
但我不相信她是因为鼾声睡不着
半小时后，她的鼾声让我毛骨悚然
像发情的母羊正遭遇失恋
火车在田野里奔跑
我的卧铺票成了一张躺着的座票
我翻来覆去在想
这些城里人，为何在睡梦中
都成了乡下人，都在重温我小时候
在乡下常听到的牛、羊、猪和青蛙的叫声

2006.3

土 地

土地让我一生劳累
土地在我脊背快伸不直时
长出高高的高粱
我在即将诅咒时唱起了颂歌
土地是我厮守了一辈子的婆娘
说不出爱但无法割舍
土地用一棵树牵挂我活着就要扎根
土地用一根草抚慰我再卑微
也要抬头看天笑对风云
爱恨交加的土地让我受苦受难的土地
当岁月遗弃我时
土地最终将我收留让我的骨头
点亮磷火　这就是一个乡下人
一生的光芒

2003.2

钉 子

是谁在你开始生锈时
一次又一次粉刷墙壁
墙壁的白，伤害着你的黑
你曾是墙壁上唯一的亮点
缤纷的衣帽挂在你的脖间
你记不清从哪天开始
你的醒目，是因为你成了
一个斑点，你想起对一颗烂牙
最残酷的惩罚
即使曾经咬碎过石头
咬开过酒瓶铁盖
就让它慢慢烂着
也不拔掉，这难道是一颗钉子
必然的结局，你的痛
被墙一次次的粉刷遗忘

2020.1.3

石头和水

那年我七岁，在池塘里打水漂
石头为了自己走得更远
不停地划伤水，石头嚯嚯的声响里

有水的疼痛。石头沉没了
水面上只留下一圈圈叹息
我性格中的柔软从这叹息里开始

上学路上，要经过一条小河
枯水季节，河里的石头比水多
我光着脚，走在这些石头上

光滑，圆润，没有划伤的危险
从山上流下来的水在暗中费了多少心血
才把石头教育得这么温顺

我一直怀疑我的世故跟这些石头有关
上地理课后，这条叫倒水河的小河

流到了长江。我也跟着它到了省城

在长江边上，我一次次试着将一块块石头
从北岸投掷到南岸。我扔出的石头在中途落水
我人生的许多失败都是这些石头落水溅起的回声

此刻，我放下钓竿，坐在海边
看见大海开出的花朵在瞬间凋谢
看见即将分离的人说着海枯石烂

我微微一笑，像夕阳消逝前在海面闪烁
再过一会儿，大海就会退潮
我会在海滩上拾捡到大海给我的贝壳

但我起身走了，多少年过去了
我已不再纠缠于水落石出
时间堆积的淤泥下无数失去棱角的石头无疾而终

2012.8

安慰

午夜，雨丝不再相互缠绕
我听出了乱云在为此前的吵闹声
向我道歉，这让我感到安慰

为缝补多年前那件你在诗中撕破的
黑色衬衫，凌晨三点，我还在用一丝丝痛
穿过记忆渐渐昏花的针眼

过时的岁月熟睡在雨水的空隙处
他们不会知道熄灯后,入睡对于我
是怎样艰难。当眼睛屏蔽了天花板

潜意识活跃起来惊醒流水
雨滴又开始相互追赶。要不是玻璃柔软
我的心就会被敲碎

一只鸟儿，我的新客人
在窗台上不停颤抖

像一个迷途者刚看见人烟

为它我重新打开灯，让太阳
从我九平方米的卧室真正升起一次
我发现，睡眠是多么需要被安慰

2010.4

青 苔

我祝福
那些已成为宝玉的石头
我偏爱
所有没有实现梦想的石头
我用生命
年复一年地
在这些石头上
做着时间的笔录
我告诉世界
即使是一块被遗忘的石头
也能找到它的陪伴
也有它的春夏秋冬

2020.1.30

终 于

终于习惯了在白天的喧嚣中沉默
夜晚却响起了无法抑制的鼾声
是什么让我睡着了还在喊叫

终于因为磨难有了骨气
五万斗米我也不会折腰
诊断书上却宣判我是骨质疏松症晚期

终于知道我手中那些千辛万苦的沙子里
有世人看不见的黄金
它们却都在我紧紧抓住时纷纷流逝

终于可以清晰地听见自己的心跳
可身体那列渐渐老去的火车
每次喘息都拉响拐弯或即将到站的汽笛

终于站在自己建造的高楼顶上
瞬息万变的云彩就要为我加冕

我却看见了整个世界都在随我颤抖的双腿摇晃

终于在向疾病学习的过程中学会散步
夕阳的余晖里有我最好的藏身之所
那个承诺跟我捉一辈子迷藏的人却厌倦了寻找

2010.1.19

月 末

每到月末，他就会搬动家具
有限的几件家具在他无限的想法中
反复改变着他狭小的生活

搬动得最多的是沙发和床
他用搬动沙发来变换窗外容易厌倦的风景
和喧闹而单调的鸟声

是同一个沙发，还是另一个沙发
经常来喝酒的几个写诗的朋友
不止一次坐在被他搬动的沙发上争论

在一切为了有用的年代
他乐意听到这样无用的争论
他一直相信床能改变梦的方向

不耽误每一缕晨曦，许多人喜欢床头对着太阳
他不是这样。他希望太阳最后照到他

他总是在暗夜找到最闪耀的词

搬动衣柜时，他得竭尽全力
好像只有这样才能抖落风衣上
看不见的风尘。一件发白的棉衣

他舍不得丢掉，二十多年了
他就靠这件棉衣帮他记住故乡
他搬动相框，他不能让一张黑白照片

在一面墙上生出记忆的锈迹
那样墙会斑驳，他会眼花
独自一人时脆弱的叹息会充满沧桑

他最欣慰的是搬动鞋架
那些千辛万苦的鞋子
终于能够不用自己行走到达一个新的地方

他唯一没有搬动过的就是书柜
这源自他对海德格尔和博尔赫斯的敬畏
静默的书里他们说出了世界的秘密

他最好奇的是一个又一个月末
搬来搬去的家具从未对他表达过
一丝一毫的厌烦，并用薄薄的灰尘提醒他搬动

2010.3.7

无名指

大拇指是用来赞美的
尘世的荣光和美好的瞬间
都是竖起的大拇指和我一起分享的
食指是用来拉钩的
它让我年过半百仍然相信
那些我没有再见到的人
只是暂时离开而不是永远消失
愤怒时我会紧握拳头捶击大地
我只在出离愤怒时用一根中指对着苍天
我有多久没发呆了
我怀念那些在发呆时将小拇指
含咬在嘴角的时光
在那些时光里的若有所思
成了我诗歌中令人回味的部分
我忽视我的无名指了
直到一次酒后削苹果
鲜血和疼痛让我看见无名指
默默无闻的存在

一个星期后
我办一个证件须要填几个表格
每个表格都须要签名按手印
我一改以前用食指按手印的习惯
用无名指在我的名字上按下手印
我还有多少机会按手印
我会将以后每次按手印的机会
留给我的无名指

2019.4.8

葬花词

如果不去想它的毒，罂粟
就是世界上最美丽的花
波德莱尔四十六年的忧郁
没有走出它给巴黎酿造的幻觉

没有谁会想到，里尔克会死于玫瑰
他一生赞美玫瑰，但玫瑰的红
没能让血浸透他五十二岁的鹅毛笔

宦海中沉浮，出淤泥而不染
为与荷花相拥而眠，屈原溺水而亡
六十二岁的《离骚》穿越时空的叹息

为桂花的暗香，大江东去的苏轼
在月亮上建造虚无的蟾宫
如梦的人生，在六十四岁的夜晚
发酵成一坛千年的烈酒

菊花的黄，让李清照一生的爱恋面无血色
七十一岁的黄昏，一层薄霜
为她写出清瘦的挽联

陆游八十五岁了，嘴里还吟着《钗头凤》
一把老骨头，比梅树的枝丫坚硬
梅花零落成泥，他才含笑闭上眼睛

这些幸运的花，这些陪伴诗人安葬的花
它们找到了复活的秘密
就像此刻，我面对一朵昙花
我愿意用一生为它找到一个词
让它瞬间的开放成为永恒

2011.10.2

雪中的乌鸦

只有来自天堂的雪
能为人世间的乌鸦雪耻

为等待一场雪的降临
乌鸦成了冬天的乌臼树上唯一不落的叶子

它希望它的执着能挽留雪花
它希望雪就是它梦想中的洁白外套

它想收回它曾说过的每一句话
它在雪中沉默，多么像一只温顺的鸽子

它无法冷却内心的温度
无法让血在飞过墓地时停止流动

它渴望为它雪耻的雪
成了在冬天淋湿它的泪水

2011.10.3

时间并没有放慢脚步

一些事，简单而熟练
但我现在做起来，不知不觉慢了
比如刷牙，洗脸，梳头，照镜子
饮一壶浓茶，喝一杯老酒
吃熟透的芒果，嚼带骨头的肉
读一本线装书，写一封家书
走一条小路，不踩到蚂蚁
送别友人，转身后听见他的抱怨
看潮水在夕阳中淹没沙滩上的脚印
在这样的慢中，大海渐渐陈旧
钟表锈迹斑斑，曾经的车水马龙
终于在内心偏安一隅
我知足，平静，不在一朵杏花的凋谢里
回忆昨天，不在一只苹果的芳香中
想往明天。偶尔的惊慌
来自镜中那个渐渐陌生的人
他用牙齿脱落后空洞的缺口告诉我
时间并没有放慢脚步
它一直在奔跑，不知疲倦

2011.6.23

我承诺过每一块劈柴

一夜间，春天的草药
治愈了大地的健忘症
在冰里坚持歌唱的水
已打开浪花的喉咙
在蛹中沉睡的蝴蝶
已找到五彩的翅膀
但我仍不肯熄灭冬天的火炉
这不是怀旧，也不是忏悔
我承诺过每一块劈柴
让它们燃烧
让它们的火焰
像风中的树一样舞蹈
这是它们的前世今生
我不能宽恕我劈开的劈柴
在雨水中腐烂
成为蛀虫的乐园

2013.4.20

一个人走在旷野

乌鸦的叫声让他抬起头
他看见乌鸦的翅膀下
藏着黑色的闪电

他的铠甲瞬间被击穿
裸露在风中的
只有他内心的枯草

他身后的衣袋
有他一生的干粮
到此时他才意外找到

2011.4.5

疼痛

深夜，楼上传来笑声
像从黑暗的剑鞘里
抽出一把孤独的冷剑
刺穿窗外的寂静
此刻，曼德尔斯塔姆的诗全集
刚好被我读到黑色的蜡烛这一页
我一阵抽搐
我不知道我胸口的疼痛
是来自楼上冷冷的笑声
还是蜡烛滚烫的泪水

2011.2.17

废弃的铁轨

废弃的铁轨上
走着迷途的诗人
没有老火车开来
没有轰鸣的汽笛回响
荒草弥漫的河谷
夕阳在远山的眷恋中
渐渐淡忘了他瘦长的背影
暮色随纷飞的银杏树叶降临
没有人想知道
诗人要去向何方
没有人会追问
诗人将寄宿何处

2018.10.3

动脉硬化了才开始心肠柔软

动脉硬化了才开始心肠柔软
血压高了才开始说话低调
血液粘稠了才开始淡泊名利
视线模糊了才开始看清生死
腰椎间盘突出压迫神经了才开始放松手脚
骨质增生了才开始做生活的减法
夜变长了才想起光阴短暂
儿女们撒谎了才知道真实的病情
装上假牙了才开始句句说真话
每天在小路上散步
才明白这才是自己最后的大路

2020.4.20

焚书

总有一些书
是用来焚烧的
它发出的火光
照着我
在暗夜
读另一些书

2018.9.29

哥特兰岛的午夜

波罗的海发出的鼾声不需要翻译
我听懂了鼾声中的蓝色词语
我醒着，教堂顶上的十字架也醒着

我醒着，是因为时差
此时，我的国度拥挤在上班的路上
阳光下每一张脸上都写着匆忙

十字架醒着，是因为它的祈祷
还没有完成，它在祈祷天堂的星光
不要放弃灯盏熄灭后的大地

此刻，在我的国度
无数的人正在想新的一天还有什么可以得到
而我在哥特兰只想还有什么没有失去

2012.10

对鹰的理解

年少时，对鹰的理解
就是高，除了云
在故乡的山顶
我没有见过天空中
有什么比鹰飞得更高
青春的长发飘扬
对鹰的理解，就是孤单
没有比翼双飞
没有擦肩而过
它惊空遏云的唳鸣
在遥远的山谷才有回声
年过半百，对鹰的理解
就是宽容，它绝不会因为
麻雀，燕子，乌鸦
喜鹊，布谷鸟的鼓噪多舌
索回它留给这些在低处的鸟类
享受飞翔快乐的空间

2021.2.27

有人

有人在山西叹息日薄西山
仅仅下了一场雪
有人就在山东东山再起

有人在南山做南柯一梦
仅仅一声乌鸦叫
有人就在北风中面北哭泣

有人受了命运的召唤
正午的太阳下
有人举着的灯笼心脏一样鲜红

有人知道太阳提前熄灭的秘密
有人的灯笼
将照亮剩下来的世界

2010.10

钟表匠

一场大病后
他决定不再把一生的技艺
传给他唯一的儿子
他忧心儿子像他一样
校正了方圆百里的时钟
最终在剧烈的咳嗽中明白
天下最精湛的钟表匠
能把秒针对准日落月升
也无法校正自己身体内的时钟

2010.8

处理一只烟头的三种方式

不要掐灭烟头
掐灭烟头不会让长夜变短
不能让你的孤独熄灭
不要用水浇灭烟头
让你万念俱灰的不是苦痛
而是苦痛过后的一声叹息
让烟头保持它在烟盒时的姿势
躺在烟灰缸里自己熄灭
像一个看清事物本质的人
在灰烬中找到复燃的词

2018.9.26

苍龙岭

走到苍龙岭，我已经对华山
感到畏惧了。我怀疑我将成为无数个
上不到华山顶的人。在我抬头
望着顶峰长吁短叹时，有人从苍龙岭
往山下走。我不知道这些登上去的人
已经获得了什么。表面看
每个人都是一脸的劳顿和匆忙
他们的内心未必取到的都是蓝天色彩
但我仍希望他们用一句谎言
给我鼓励。或者告诉我，他们拿到的是
白色药布，已经贴在曾经失败的疤痕上
看来，下山的人大多都已累到极限
经过我，很少有人侧身给我让路
我每走不到十个台阶，就得避让
那些成功归来者，或许，他们是在
苍龙岭眺望到了新的未来后急着下山
我一生都是在这样的交错中
仰望高峰，并不断解决着自己的迟疑

2008.10

在绝壁

华山手册上写着，这是从未有人
能上去的绝壁
鸟儿凭着翅膀，却在绝壁上安置着
一家老小。千山无人迹
鸟雀飞不绝。在这里
与鸟儿相比的还有野草
它们在平常中，获取了怎样
生存的钙质。万物叹绝壁
草芥无烦忧。携走世间嘈杂的闲云
侧身给我们攀登绝壁的人让路
我和我一起，站在绝壁前
向下寻找熟悉的地平线，为了
高处的沉默，我已临风赶路二十年

2008.10

抽烟的人走了

抽烟的人走了
烟灰缸里的两只烟头面对面坐着
一只在闪烁其词地说一些悔恨的话
一只在渐渐冷却的灰烬里叹息
烟灰缸像一个被收买的证人
对谁都是沉默

2007.3

楼道的灯坏了

楼道的灯坏了
我摸黑走到七楼
打开家门
我发现
我的家竟然
那么亮堂
多少年视而不见的事物
也在闪闪发光

2004

读书

昏暗的下午，我在读一本书
蓝色的拼音文字，岛屿一样的插图
让我风尘仆仆的身心沉浸在浩瀚中

波涛翻动着书页，海鸥替我朗读
朦胧的章节，潮涨潮落里
是我一目了然的前世今生

皓首穷经，我能为多少沉船考古
我听见的汽笛，冲破朝雾和暮霭
为迷失在噩梦的人招魂

借着星月，我能彻夜读书
但我不能像鱼一样深入书的内部
我不会比一块沧桑的礁石懂得更多

2009

独 酌

桌上有两只酒杯
一只斟满酒
一只空着
我拿起斟满酒的酒杯
去和空着的酒杯碰杯
我喜欢听空酒杯干脆的回声
我不愿意空酒杯
因为空着而感到孤单
我用这种方式
为自己找到每一杯酒
都一饮而尽的理由
就像我在他乡
遇到一个不醉不归的故知
我有半斤酒量
但每次喝到三两时
总感到是那只空酒杯
在找酒喝
在主动和我手中
斟满酒的酒杯碰杯

2020.8.12

椅子

这把椅子跟我已相识十年了
我一直把它放在书房
我在家的日子就是和它一起度过的
读书写作　想一些我能想到的事情
十年间　无论我内心多么激烈
椅子都一声不吭
也许它的幸福　就是有人坐着
空着是椅子最大的痛苦
我常常用这样的想法
减轻我越来越重的身躯
给椅子的压力
12月22日晚我像往常样喝了两杯小酒
坐到椅子上　突然听到椅子发出了声音
像一个患感冒的老人的一声咳嗽
我摸了摸椅子的手
有点冰凉　有点瘦
我在十年里第二次发现这把椅子是木头的
我闻到了十年前我第一次见到它的味道

这味道提醒我 椅子从未
停止过对树的怀念
今天 椅子终于将怀念说了出来
让我听着感动 甚至有些愧疚
我该去那片树林走走
那是我初恋常去的地方
从小鸟给即将成为椅子的树的祝福
我知道我该珍惜什么

2003.1.22

遗忘让我相信椅子会自己走路

我怎么也想不起
我是什么时候
把这把椅子搬到楼下
废旧物品回收处的
这把椅子四腿硬朗
只是两只扶手多处骨折
女儿提醒我两次
换把新椅子我记得
我搬椅子到楼下之前的
犹豫我记得
就是不记得我是什么时候
把椅子搬到楼下的
在被回收车收走时
我最后一次看见这把椅子
还在问这把椅子
是什么时候跑到楼下来的
遗忘让我相信
椅子会自己走路

2020.5.8

二 手

我呼吸的空气
是烟囱呼吸过的
我住的房子
是民工和老鼠住过的
我穿的衣服
在服装厂就被人试过大小
我出门走的路
留着一夜未睡的人零乱的脚印
我上车时车上已挤满人
十几个人到站下车了
我才坐上一个位子
我吃过的早餐
被苍蝇先尝过
我做的那份糊口的工作
是退休的老王留下的
我买的股票
是被庄家当垃圾抛弃的
我看的晚会

彩排时就被多次修改过
我最喜欢的足球赛
总是在那么远的地方
总是被卫星转播
被解说员支离破碎地解说
我读的书
边边角角都写着注释
我诗中的鲜花
是从大师诗里转基因而开的
我爱的女人
在我不懂得爱时
就被人呵护着
我的女儿来到世上
看到的第一个人是拿着剪刀的护士
而不是手捧鲜花的我
我受苦受难的母亲
她随一阵秋风先走了
留给我一个落叶覆盖的世界

2004.11.6

画窗

一幅画让我的窗子只向过去打开
忆念的阳光，从画的云层中穿过
照亮眼前正在蔓延的灰暗
世界在轰鸣，霜雪降临
谁还在为我内心的壁炉
添加最后的劈柴
送我画的人，在沙漠深处找水
我只能在梦中打探他的消息
鹰在盘旋，我忧心他不再仰望碧空
废弃的航线上，谁看见翅膀
时光没有尽头，转身或者停止
也许就是抵达。就像此刻的我
让整个下午停留在这幅画中

2009.5

在深夜谈一条河的治理

是从十二点开始的
在此之前我们一直在喝酒
在谈论女人和发牢骚
有关上游的事情因为神秘
我们知道得不多
刚喝完三杯就到中游了
这里的树砍得精光
水土流失严重
清水成黄水黄水成黑水
鱼不到一岁
就出现第二性征
一阵叹息之后
我们一致认为
从长计议要大量栽树
但眼前的首要任务
是要加紧对草的培养
紧接着就培养草的问题
我们争论不休

直到东方既白
我们才带着各自的观点
到了下游
到了入口海
这时我们发现
被污染的不仅仅是
我们谈论的
一条河流

1996.9

航海志

读航海志时
我会用蓝色墨水的钢笔
在记录沉船的文字下
画上细小的波纹线
我用这种方式
标出沉船的位置
我希望大海永远像我画出的
波纹线一样风平浪静
那些千百年来的沉船
在这样的波纹间
浮出海面

2019.2.13

城堡

我只在大海退潮时
在沙滩上修筑我的城堡
我知道，大海会在涨潮时
带走我的城堡
但我乐此不疲
我爱大海
我愿意波涛每个瞬间的欢乐里
有我一生的徒劳

2018.9.15

大 海

退潮时，礁石颁布的
消声法令，在大海涨潮时
失效。低垂的帆
在风中写着挽联
追思一位长发水手
鸥鸟在甲板上
一次次在即将起飞的瞬间
收拢翅膀。它的犹豫
跟我的沉默有关
多少年过去了
我不再相信我收集的贝壳
还铭记着早已黯淡的珍珠
波涛喧嚣，在我的沉默里
空谈大海的辽阔

2018.10.6

我试着加入大海的弹奏

没有人能在沙滩上
将黄昏的脚印留到天明
住在海边的日子
我每天黄昏都到沙滩上走走
我留下的脚印
是大海涨潮时
波涛在沙滩上要寻找的琴键
我试着加入大海的弹奏
我听到的涛声
总是美妙无比

2018.9.20

鸥 鸟

晨曦中，我看见一只鸥鸟
站在桅杆顶上。此刻，船还在波浪
的鼾声里沉睡，船梦见了鸥鸟
我看见的鸥鸟，为了能在桅杆顶上站稳
张开了平衡的翅膀
船梦见的鸥鸟，张开翅膀
引领着自己在大海上飞翔
我看见鸥鸟，和船梦见的鸥鸟
是同一只鸥鸟

2013.2.8

邮 差

落潮时，我给你写的每一封信
你收到的，都是涨潮

你在大海那边
波涛是我们唯一的邮差

除了你我，月亮知道
邮差在送信途中没停止修改我的信

2019.12.15

驼 队

我到海边时
海正在退潮
海一浪低过一浪退缩
沙滩一步紧跟一步扩张
夕阳用最后的金黄
为沙滩戴上胜券在握的桂冠
如果海按眼前的节奏
一直退潮到明天早晨
海会不会消失
沙滩会不会成为沙漠
退潮的涛声
治好了我多年的失眠症
沉沉的梦中
我四处奔走
用卖掉舟船的钱
为大海建造一支驼队

2020.1.20

浸泡海带

海带什么时候买回来的
我已经忘了。从海带身上的盐渍
判断，这把海带已在橱柜里
至少半年。今晚有朋友
远道而来，我记忆中
他最爱喝海带排骨汤
下午三点，我就在洗菜盆里
灌满水，我多年的熬汤经验
海带要浸泡半个小时
可今天，我的经验失效了
不到十分钟，在洗菜盆
平静的水面下，我看见
海带在漂动，像我站在窗前
想起一个人时窗帘的飘动
海带想起了大海的波浪

2018.7

冬 至

大海打着波浪的寒颤
我的木柴已晒干
我等着你带来
从初春泡到深秋的酒
我们围炉而坐
这次我负责添柴
你负责温酒
我们一起等待一场大雪
在碰杯的脆响里
无声地覆盖
这间老屋屋顶上的每一片黑瓦
我们不会像当年
看谁把谁灌醉
而只想
大海的涛声里
我们听得见疲惫
听不见伤悲

2018.12.4

防晕船指南

上岸后，同船出海的人
都在他耳边复述防晕船指南
不能吃得太饱，忌油腻与辛辣
食物必须易消化 。座位通风良好
背部紧靠着椅背，用充气枕头垫
固定头部，不要让头部随船的起伏摆动
双目远眺，面向海平线，不看白头浪
不看窗外一闪而过的海鸥
听听怀旧音乐，有淡淡的乡愁
和坐在身边的人聊金童玉女出轨
心平气和，不刨根问底，不路见不平
一声吼，不两肋插刀
上船的前夜睡眠充足，一夜好梦
梦中有灿烂的日出，辉煌的彼岸
不疲劳，不看书，不在手机上电子阅读
含一片鲜姜在嘴里，不管老姜嫩姜
备一些糖果，最好有初恋时爱吃的酸梅
人丹不常见了，风油精携带方便

白天涂在太阳穴不犯晕
晚上抹在小腿上防蚊叮虫咬
是药三分毒，但最有效的还是晕船药
上船前半小时服1~2片
他笑了笑，他的笑里有海水的苦涩和孤独
他从来不晕船，他翻江倒海地呕吐
是夜晚一场慢酒的酒劲
借助天亮后的快船发作

2019.4.23

大海紧裹着一身夕阳

炊烟的叹息中
黄昏向行色匆匆的人
打探它夜晚落脚的地点
大海紧裹着一身夕阳
像风中打坐的高僧
紧裹着金色的袈裟
波动的嘴唇念念有词
我坐在一块垂暮的礁石上
从金箔一样的明亮里
练习如何用缓慢跳动的心
温暖即将来临的冬天
多少年来
我用于模仿自己的镜子
将从这个黄昏开始不再闪烁
我是不是到了
开口说话的时候了
那些沉默的箴言
会像清晨的鸟鸣
重新覆盖针叶林中
弯曲的石径

2010.8

扫海一眼

住在海边三年了
我每天至少看海半个小时
在种满沙漠仙人掌的阳台上
在细叶榕树下的石凳上
我看到的海
是书面语的海
是诗人笔管里流出的海
海的蓝就是墨水的蓝
一天傍晚
我陪女儿坐在海边
女儿说海里有好多好多水
海边的风好大好大
海上没有树
海燕住在哪里
海在女儿的话里成了口语
成了我已迟钝的感官中的海
我开始每天闻到海的腥味
我开始将海浪看成一名清洁工

每天清晨将海上漂浮的垃圾扫到岸边
从此我路过海上时只扫海一眼
像在大街上碰到认识多年
但不想打招呼的人

2003.7.2

两个人的海滩

你不向我走来
我不向你走去
我们陌生
却又像在哪里见过
离我最近的
是一块开满浪花的礁石
我在浪花的凋谢里
听见鱼的呼喊
离你最近的
是一条搁浅的木船
你拍了拍船舷
像是在空洞的回声里
寻找已消散的渔歌
这是黄昏的海滩
只有我们两个人
我们相距一百米
这样的距离
让我们都能看见
大海的苍茫
而又不会加深彼此的孤独

2021.2.17

苦 海

在没有见到海时
我就不止一次
在作文中用过苦海这个词
那是小学四年级
每次写作文
都在贫农李大爷和张奶奶
忆苦思甜后
他们满脸的泪水
沿着老师的启发
流成我作文里的苦海
大学毕业后
见到了海
看到海水的蔚蓝
海鸥的洁白
海滩的金黄
写海的三十多首诗里
都不见苦海
直到今年五月

在外伶仃岛

海水蓝得让我兴奋不已

一个海浪呛了我一口海水

我吐出海水

自言自语地说

苦海

2020.5.22

咸鱼干

在它还是一条鱼的时候
大海就在黑暗中
让它的体内存满盐
它只有成为鱼干
才会见到阳光
它在阳光的炙烤中
将体内的盐一粒粒渗出来
它自己腌制自己
让每一个用它下酒的人
喝到伤感处
一杯接着一杯地问
是什么让一条鱼成为鱼干
还想念着大海的味道

2021.2.21

老人与海

黄昏的沙滩
我看见
老人用左手
推到自己用右手
搭建的城堡
然后举起双手
在波涛的轰鸣中
欢呼胜利

2020.3.15

大海到底有多蓝

像蓝墨水
比你见过的最蓝的天还蓝
蓝得让你想跳海
蓝得你不敢用蔚蓝湛蓝
碧蓝藏蓝这些词
好像你一说出这些词
大海就蓝得不够准确
大海到底有多蓝
蓝得你只要看它一眼
它就要开口跟你说话
跟你波浪一样
无休无止地谈论
大海到底有多蓝

2021.6.18

大海日落

只有大海
能邀请太阳
为夜晚的降临
举行如此盛大
而辉煌的仪式
满海尽带黄金甲
帆的彩绸猎猎飘飞
汽笛用万吨巨轮的吞吐量
吹响大海的长号
多少人在欢呼
用照相机的快门
挽留这仪式慢点结束
我沉默着
我知道在这仪式落幕后
大海会让我在午夜
陪着它醒着
大海会用嘶哑的涛声
说出我和大海
各自的孤独

2021.6.5

拆 迁

我住的房间在峭壁之上
峭壁下就是大海
从夜晚十一点起
货轮的汽笛声熄灭
捕鱿鱼船上刺眼的灯
像无声的电焊光
在焊接海水和黑暗
我听到巨大的涛声
撞击岸边的礁石
像挖掘机用它的长臂
拆迁旧城区老房子时
一面面墙扑倒在地的声音
大海将在我的睡梦中拆迁什么
第二天早晨醒来
我拉开窗帘
看见拆迁了一夜的大海
更加辽阔蔚蓝

2021.4.25

观潮

在水边等水。在躺着的水边
等水站起来，像你一样向我走来
我渴望能校正水巨大的时钟
让铺天盖地的震撼随我的心一起跳动

在水边等水。在近处的水边
等远处的水，像你一样提前到来
水在水上奔跑，水的脚印留在水上
我记忆的江河上是你的笑容在流淌

在水边等水。在安静的水边
等热闹的水，像你一样不再离开
天色渐暗，有谁听见水在喧嚣中哭泣
我像落日下的孤儿，在水中寻找自己的影子

2007.11

动物园

我看见老虎　他像我蹲了多年监狱的朋友
走近他　看见两颗大虎牙　我才认出他
嘴还是那么大　但吼叫已没有回声
我看见熊猫　他是从线装书中出来散步的
大师　我一直渴望见到他
他孤独的思考让他身体笨拙
他彻夜的苦闷让他的眼圈永远黑着
我看见孔雀　她还是那么骄傲
像我刚进城时　见到的市长的女儿
依然美丽中隐约可见一丝岁月的沧桑
我看见野猪　很瘦　不停地吵闹
很明显他不适应城市生活
和他只剩下骨头的胖兄弟比起来　他是幸运的
我看见猴子　他是我在城里的远房亲戚
他对我笑了笑　像儿时一样蹦蹦跳跳
我跟他比赛吃玉米棒子
他还是丢三落四　撒在地上的比吃进嘴里的多
他还是只顽猴　而我

除了名字　一切都已改变
我看见蛇　蛇是我的属相
但我怕蛇　正像我怕一声不吭的人
我在梦中被蛇咬死过很多回
我经过他时脚步很轻
我看见狐狸　他那张尖嘴
多像出卖我的同事
我很同情他　那条祖传的尾巴
注定了他悲凉的结局
我看见豹　是只雄豹
穿着很雌性的衣服
他是我理想中美男子
高傲中带一点冷漠和忧郁
从里尔克开始　豹经历一百多年才培养出这样的气质
我看见羊　来自澳大利亚
她一直低着头　像我第一次约会的初恋情人
羞涩这种几千年的传统美已在城里日渐消失
这只羊让我感动　我抚摸她
像抚摸初恋情人从千里外寄来的手织的毛衣

2003.5

多 少

有多少钉子
没有在木头里感受过
一枚钉子的锋利和坚硬
就已生锈
有多少苹果
变成果酱
才在一张旧餐桌上
见到那个从枝叶深处
小心翼翼把它摘下来的人
有多少未睡过的睡眠里
有我们最想梦着的人
等着我们去梦
有多少没留下笔迹
就已憔悴的纸
还在朝思暮想着一个诗人
暴风骤雨一样的灵感
有多少未点燃的灯里
还有照亮我们灵魂暗夜的

七彩光芒
有多少灯火通明的身体
内心的黑暗
还像一瓶冬天的墨水
有多少人的死去
比活着
更让我们感到新鲜

2004.12

空中草原

草原在空中
我站在草原之上
十亿棵草顺着风吹的方向
向我弯腰

这是我的草原
我离说出这句只有帝王
才能说出的话
仅有一座雪山的距离

2014.10.8

月 光

梦中，黑暗的豹子在悬崖上
追赶着我。我撕裂喉咙
没人听见我的呼喊
豹子张开大嘴，剑齿闪着寒光
在我就要永远闭上眼睛的瞬间
我醒了，毛骨悚然，一身冷汗
我看见一片意外的亮光覆盖着我
我想不起来我是怎样睡着的
在日常生活中，我心细如芒
怎么忘了关灯，房间如此明亮
我却被黑暗惊醒，揉揉眼睛
我看见吸顶灯和墙壁灯
睡意正浓，没有一丝醒来的气息
是月光，难道是月光
我静寂的房间才在午夜如此明亮
多少年了，我埋头赶路
只是为了灯光把我照亮
我记忆中的月亮，永远在天空

蓝色的磨刀石上磨着收割的镰刀
窗帘，是风吹开，还是忘了拉上
这个问题，可以想，也可以不想
我关心的是，我无数次背对月光
当我面对月光，月光是否像我记恨
一个离我远去的人一样记恨我

2009.2

隐秘的忧伤

大街上，一个走在时间前面的人
在梦中总是赶不上最后一班地铁

柳树下，一个不再编柳条筐的人
沉陷在他编第一个柳条筐的那个下午无法抽身

退潮了，夕阳里的礁石庆幸自己摆脱大海的束缚
看见星月，又渴望被浪花簇拥淹没

2012.11

乌云密布，你让我仰望星空

乌云密布，你让我仰望星空
星汉灿烂，你让我俯首大地

刀生锈，你说是刀在想念伤口
剑不出鞘，你说是剑在黑暗中自恋锋芒

我血液中的火焰被你的泪水点燃
我骨头里的钢铁被你的呼吸融化

我曾经的绝望不是找不到水
而是干渴时我的身边只有海洋

我永不放弃不是只有你能给我答案
而是你每天都有新的谜语而不允许我提问

2018.1

遥寄

那些在乌云中迷失的事物
那些在闪电中撕裂的事物
会随雨水回到你身边

那些谎言的浪花
在真理的礁石上破碎时
你会听到大海古老的歌声

星星醉了，月亮的银色酒壶里
还剩下最后一杯酒
我把它洒在大地上

你如果能早点醒来
一定会看见每一棵小草因担心露珠熄灭
在微风中忍住摇曳

2013.1

我知道是风把门关上的

我知道是风把门关上的
但我仍然放下手中的书
从座椅上起身
快速地走到门后
把门打开
看看门外是谁关的门
他为什么不经我允许
就把门关上

2019.12.28

一万或万一

海鸥的歌声里，一朵浪花
有一万朵浪花的洁白和欢乐

风帆的叹息中，一万朵浪花
只有一朵浪花的蓝色和忧郁

广场上，喧嚣的人群
一个人有一万个人肤浅的欲望

孤灯下，静寂的背影
一万个人只有一个人深刻的虚无

2013.1

书法课

岭外音书断
经冬复历春
这两句我写得很快
我让音书断的时间
尽可能短一些
冬天快些过去
春天早点到来
写到近乡情更怯
乡字用繁体字
这与这幅送给老乡的字
的布局和结构有关
更重要的是繁体字
多一些笔画
我可以写得慢一些
我要慢点近乡
慢点情怯
我要留出足够的时间
鼓起勇气

用未改的乡音
问我在村头碰见的
每一个来人

2020.3.12

书房装修

我的书房已年久失修
墙壁的斑驳，近似我在书中
读到的沧桑。变形的书柜
让摆放整齐的书凸起或凹陷
像我脊背微微弯曲时
我诗歌叙事方式的改变
调光台灯随夜的深浅
变换我心情的明暗
我的书房已年久失修
朗读一本新书，我会在书房
来回走动，我的身影用不同的图案
在墙壁的斑驳处贴着墙纸
出版一本诗集，放在离
博尔赫斯全集五米远的书柜里
从这时开始，一种书房按自己
设计诗集封面的构思
翻修一新的感觉
会持续到下一本诗集完成
印刷前最后一次校对

2018.8.16

虎

我最早见到的虎
是爬墙虎，在外婆家的
院墙上。那年我五岁
母亲说，有爬墙虎
我爬到院墙上玩耍时
不会滑下来。见到壁虎时
我知道它的小名叫四脚蛇
父亲说，壁虎在屋檐下折返跑
就是天要下雨，稻田里裂开的
伤口即将愈合。多少人害怕
秋老虎，它只让我长了一身痱子
也让我在村后水塘偷学会了狗刨式
我从来没有在虎牙上看到剑齿
脸上开始长痘时，那个长虎牙的
女明星，让我上地理课
常常分不清济南和海南
高中毕业那年，我打完人生
最后一架，村支书的儿子
跪地求饶，他胖，腿短
走在田埂上比他爷爷还慢
他的学名叫飞虎，他从此

不敢欺负我堂妹
高考过后，把模拟试卷撕了
那些难题，都是纸老虎
从教学楼楼顶
雪花一样飞向篮球场
读大学时，痴迷布老虎
那是一套丛书的名字
不装在书包里，我就会在
校园里迷路。不放在枕边
我就无法入睡
虎头虎脑三十而立
虎背熊腰四十不惑
知天命之年，我给我养的小狗
取名虎子。它每天陪我走一万步
它渐渐成精，在路边的绿化带里
跟我捉记忆的迷藏
薄暮的冷雨中，我想起母亲
已有二十年没做我爱吃的
虎皮尖椒了。我心柔软
纵有一百只老虎居住
每只老虎都是体形偏大的猫

2018.12.19

聊 天

其实我们聊的
都是地上的事情
但聊着聊着
天黑了
其实我们聊的
都是低处的人们
但聊着聊着
天亮了
天黑了天亮了
天亮了天黑了
我们聊到的人和事
都没有改变
但天在我们聊着聊着中
反反复复变化
因此我们把我们聊到的
所有事情
都叫聊天

2020.4.3

在惊叹的瞬间

静止的井水
是一张铺开的画布
一只虫子在井水上走动
就是这只虫子以脚趾为笔尖
在画布上画画
刚开始时
我只是看见这只虫子
在画涟漪的工笔
等它像画家停下画笔一样
停止走动
井水的画布上
是一片蓝天和几朵飘动的白云
多美的写意画啊
在惊叹的瞬间
我相信这蓝天白云
是这只虫子画的
我相信在井水上
只有这只虫子
能完成从工笔画到写意画
神秘的转换

2020.4.8

慢

我是从秋天的午后
开始向往这两种慢的
第一种慢，是乌龟的慢
它的慢，源于它一出生
就穿着鲨鱼的利剑
也无法刺穿的铠甲
这刻着命运纹路的铠甲
让深渊成为延年益寿的天堂
第二种慢，是蜗牛的慢
它的慢，源于它每走一步
都必须背着房子
但这种慢，让它走到
哪里，都在家里

2020.3.3

当羊成为羊毫

当羊成为羊毫
我才知道
曾经无比温顺的事物
也有难以驾驭的时刻
当狼成为狼毫
我临摹黄庭坚三天
就能横竖撇捺将它控制
有多少人像我一样
在知天命后开始练习书法时
才对羊和狼有了新的认识

2019.1.3

杏

深巷明朝卖杏花
花褪残红青杏小
年过半百，我还能背诵出
这些杏的诗句。我感到庆幸
为渐渐黯淡的午后被这些诗句照亮
写出这些诗句的诗人，我忘记了
他们的名字，但我相信他们会原谅我
所有的诗人都会原谅记住他诗句的人
二十四桥已是荒烟衰草，牧之还在等我
借问酒家何处有，一千多年了
他都会让他的牧童遥指杏花村
月已偏西，箫声渐远，醉意蒙眬
我要不要告诉牧之，这些杏的诗句
已不止一次让我想到我将来的不幸
也许没等到我的头发像杏花一样白
就没有人能记住我的诗句和名字
即使是昨夜还在枝头深爱着我的小杏

2018.12.24

月光里奔跑的马

马踏着自己的影子
在月光里奔跑
影子是马的黑夜
月光是黎明来临时
覆盖蹄印的清霜
夜晚失眠的人
听见马蹄的声音
是他痛惜的时间
脱缰而去
夜晚酣睡的人
马蹄是他梦中的鼓声
那个快马加鞭报喜的人
即将来临

2018.10.30

蒙尘的镜子

蒙尘的镜子里
藏着我依恋的时光
我不忍擦拭
我担心因为镜子的明亮
我白发上堆积的霜雪
在一个瞬间
就会将镜子变成冰
我要多小心
才不会让镜子
在我的皱纹里
布满裂痕

2018.10.20

流 水

我想起流水时，流水已去了戈壁和沙漠
为一棵焦虑的胡杨，流水让自己从人间蒸发
我不止一次在云的灰色背影里看见
流水欲言又止的嘴唇，和欲哭无泪的眼睛
我不去碰草尖上的露珠，我担心
它步流水的后尘，在盲目的泥土里
失去青春最后的湿润。我想起流水时
流水已在冰中睡眠。鱼醒着，穿着黑暗的铠甲
孤独的刀叉刺不中它隐秘的内心
我渴望我就是那条鱼，等流水醒来
给我带来沉船的消息，给岸边的柳树
在时间的流逝中，挽留昨日的倒影
流水的梦里，是否有大海嘶哑的涛声
我在三月的海边，看浪花围绕着礁石
点燃白色的火焰，打开心痛的折扇

2008

在戈壁

在戈壁，我看见这么多石头
它们都是孤零零的
我想留下来，为它们建立联系
为它们找到失散的亲人
或者修一条路，让它们在路上手牵手
向天路尽头的太阳走去
盖一座房子，给骆驼住
这是我突发的意想，月黑的夜
有利于它们相拥着听驼铃入梦
风的哨音一阵阵响起
它们能否被集合起来，成为世界上
一支最有实力的群体。接下来
最好能由我来告诉这些
已经找到爱情的孤儿，春天正在路上
戈壁也是人间。到那时
情况就不一样了。你再来这里
我老了，戈壁也不叫戈壁了
但你应该还会叫出我的名字

2007

岁末之诗

一年过去了
我依然贫穷
但这一年让我有了足够的耐心
只要我们能在一起
在我们变老之前
我们就会像燕子筑巢一样
住进四季如春的屋子
在这一年里
我找到了讨好时间的方法
我可以让它慢下来
让我们为一点芝麻小事
说一大箩筐话
让太阳听着不想下山
这一年　我用了一整个秋天
去遗忘夏天的烦闷和狂躁
去清除欲望洪水留下的泥沙
去宽恕狂乱中踩伤我的人
冬天来了　我们坐在炉边

能想起的都是幸福的时光
这一年啊　我收集了
你后半生所有的泪水
这些泪水将在我的心里
酿成一瓶红墨水
我会用这瓶墨水
润色我写给你的每一首诗
让每一个字都面带微笑
让每一个词都闪闪发光

2007.12

对一支蜡烛的愧疚

在清理书桌抽屉时，我看见
一支蜡烛。在灰尘的遮盖下
仍然闪着白色的光
无论我怎样回忆，我都无法知道
这蜡烛是从什么时候就在抽屉里
陪我读书，写作，关心我的冷暖
想那些已从我生活中消失的人
已经有很多年没停过电了
谁会在灯光下想起蜡烛
谁会在相伴时感到孤独
它渴望黑暗降临，渴望我
在寂寞时清理往事的抽屉
岁月的棋盘已进入残局
在时间的河边，对峙就是胜利
我仍能听见远处的召唤
但渐渐地，我已无力响应
在擦拭蜡烛身上的灰尘时
我隐约感觉到它冰凉的表情下

一颗温软的心仍在跳动
当打火机向它耳语
它只轻轻一个颤动就喜极而泣
我在它透明的泪里
感到从未有过的愧疚

2008.2

理解一个比喻要多少年

理解一个比喻要多少年
要经历多少风雨，多少事
要遇见南来北往什么人
雪，像盐一样白
这是我小学二年级写下的
雪的比喻句。三十多年过去了
除了白，我没有在雪和盐之间
找到更紧密的联系
直到今年冬天，你离我而去
我陪你走过的沿河大道
被风的刀刃砍成伤口
这雪，才真的像盐一样白
让我在夜晚看见一座城市的
疼和痛

2007

事物的梯子

词语沿着事物的梯子
到达意象的峰顶
修辞沿着事物的梯子
探寻意义的洞穴
一首诗，升腾或沉降
都有一把事物的梯子
像雨停了，云散去
天空睁开蓝眼睛

2018.9.30

沙 漠

终于等到你来了
这渴死的大地，这无边无际
眼泪流干的巨大驼队
从此有了蜂蜜一样的颜色
我是第一个在沙漠想到甜蜜的人
我相信，你的每个脚印下
都能找到水。你把你的胡桃木梳子
埋在低洼的地方，只须一缕春风
就能长出一片树林
星星在夜空开满鲜花
你拿出小圆镜，就是对着月亮梳妆
夜深了，星星怕你孤单
会摇响小铃铛。你唱的北方小调
我也会唱。用夜光杯喝酒
醉了也能找到回家的路
风刚好能吹动你月色的长裙
每一粒沙都顺从你的意想
欲动未动，欲说还休
我不再给钟表上发条了
你一定能收回你来世的承诺

2007.10.30

秋天的担心

一群麻雀飞过
我担心飞得最低的那一只
暮色正在降临
我希望天黑之前
它能飞到安置在树顶的家中
大雁南飞
我担心落在雁阵最后的那一只
天空辽阔无边
它回家了
云中就不会有迷路的孤雁
地上落叶成堆
我担心最高的枝丫上迟迟
没有落下的那一片叶子
它已枯黄
我不愿看到大雪纷飞
它还没有归根
我坐在湖边
看风在水面精雕细琢的

涟漪越来越深
我担心我的凝神
让满湖的涟漪
在我起身离开的瞬间
成了我脸上的皱纹

2021.6.10

青海湖

一湖静水。你的到来
让湖水掀起波澜。让睡梦中
蓝色的呼吸，在抵达湖岸时响起涛声
我默想起大海，想起从贝壳里
听到的传说。千万年前
大地在天空的诱惑里腹部隆起
天翻地覆，大海将自己最疼爱的孩子
生在高原。你让我相信这孩子
还没长大，还是我想象的样子

一湖净水。朝圣的人
把黄金沉入湖底
他们是尘世间最富有的人
他们把羊皮袄穿在身上，最好的布
都成了经幡。这是他们灵魂的衣衫
我，一个在低处生活的人
在这里听见经幡在风中的密语
你的沉默，像盐融进湖水
你的眼底，闪耀着波光

青海湖的蓝，只和青海湖上天空的蓝
是孪生姐妹。青海湖的辽阔
只和青海湖边草原的辽阔
称兄道弟。我在这蓝里
像流出的泪水一样无法返回
我在这辽阔中，像一棵青草
被我爱着的羊吃进温暖的胃里
油菜花的宫殿，蜜蜂过着帝王的生活
我等着你从花香中醒来，对我微笑

鸟把家小安置在大地
但它们从未停止过云中的约会
远方的青草舞姿优美
却没有羊愿意离群索居
过客在湖边手舞足蹈，欢天喜地
厮守一生的牦牛，安静地吃完草后
正面朝青海湖打着哈欠
八千里路云和月。青海湖边的你
才是我余生要走的路程

青海湖流着大海的血液
青稞里藏着麦子的秘密
草原是平原千里的姻缘
雪山给高原披上哈达

哈达是神的祝福
在尘世中把我们簇拥
一部经卷，要经历多少才会读懂
一座迷宫，谁会在黑暗中找到出口
是谁，爱上闪电后藏身乌云

晚上九点，星星到达天空
它走了多远的路，才会离我如此亲近
它要承担多少爱，才会这么明亮
高处不胜寒。在三千米的地方
我仍在仰望。走在湖边
我在想，有没有鱼因为寂寞渴望网
有没有鹰因为孤独收起翅膀
青海湖的梦里，我的脚步声
敲着黎明虚掩的门窗

晨曦中，青海湖是太阳
铺在高原餐桌上金色的台布
雪山戴着皇冠，万物吃着圣餐
花草点亮露珠的灯笼迎接牛羊
你说你要留下来，隐姓埋名
你说你将在这里栖居，不是隐居
你说，如果爱我，叫我卓玛
卓玛，卓玛，千万个卓玛

陪着卓玛，没有人浪迹天涯

在湖边独坐的下午
我和一只羊三次对视
我从它眼里看见不安，忧虑和惊恐
我感到羞愧。为片刻的宁静
天空被飞机划成一条条轰鸣的跑道
梦想远离尘嚣的人，来到远方
制造尘嚣。我恳求羊的宽恕
我渴望大地在怜悯中将我收留
羊走远还会回来，我为你写下颂诗

夕光渐暗，云的余烬在天边飞扬
你的背影是我的第一缕暮色
青海湖的蓝，在清凉中
一寸一寸渗透我体内。我知道
只要我许可，青海湖的水
会成为我的血液流过一生
只要你愿意，我一无所有
青海湖也会给我盐，酒和面包
给我白鸥，哈达和经幡

2007.10

木 耳

一

一棵树
倒下了
听不见斧头的砍伐声时
才长出一身耳朵

二

当一棵树的年轮
开始逆时针转动时
树长出耳朵
听自己的回忆录

2020.8.29

果盘

果盘在茶几上
喝茶的人不知去向
是谁摆放的果盘也无人知道
果盘里有香蕉，苹果，梨和橙子
它们很亲密地挨着
但只能在各自的甜蜜回忆里
等候那个拿刀的人
在天黑前回来

2006.10

必然的叶子

这棵樟树有八百多岁了
无数的人曾从它的身下走过
无数阵风可以让其中的叶子
落在别人身上
我第一次来这里
一片叶子就在梦见大地的途中
飘落到我头上
我是偶然站在这棵樟树下的
但我坚信落到我身上的这片叶子
是一片必然的叶子
它在爱上别人之前先遇见了我

2008.10

下午茶

纯净水。水温八十摄氏度
玻璃杯，比阳光还透明
不要满杯，时刻记住茶满欺人的
古训。无须刻度
喝第一口时，杯子在手中
倾斜四十五度
用茶勺将茶叶送至杯底
最好是绿茶，西湖龙井
碧螺春，黄山毛峰，庐山云雾
敬亭绿雪，恩施玉露，婺源茗眉
因人而异。冲泡时
水壶的高度离杯底
保持二十厘米落差
让杯底的茶叶
在落差的旋涡里舒缓地
打开绿色的舞裙
然后随水的平静慢慢
回到杯底。在自己弥漫的

清香中，每一片茶叶
沉醉在曾经的青葱岁月
午后的阳光，从炽热耀眼
渐渐温和散漫，茶由浓变淡
没有一丝哀怨和悔恨
漫不经心中，我一口茶喝下去的
深浅，已跟我的口舌干渴
失去了必然的联系

2019.12.8

蔷薇

春天来了，花园里我认识的花都开了
这是桃花，它依旧满脸泪痕
为它天生的红颜薄命
为风中纷纷传扬的绯闻
紧挨着桃花的是杜鹃
它和一只鸟同名，这让我认识它几十年了
仍然猜不透它夜半的心思
杜鹃的背后是杏花
从唐诗开始，它就在用雨水默默洗刷
自己在江南的清白，它的眼前站着栀子花
在乡下，它常戴在我妹妹的辫子上
我只听见妹妹在栀子花的芳香里
唱过奶奶教会她唱的一支老歌
还有玻璃翠，彩叶草，风铃草
垂丝海棠，三角梅，九里香，百日红
我刚认识它们，除了好看
我还没有为它们找到更多的词
杨柳轻抚的水边，那低着头的是什么花

它的样子好像怕我认出来
可我还没来得及问我身边看花的人
我就听见它报出自己的芳名
我叫蔷薇，我的名字是花中笔画最细致的
用毛笔正楷写我名字的人
要怜香惜玉，要有白头到老的耐心

2011.10

空 位

餐厅窄小，大约能够二十人
早餐。我到餐厅时
只有一张两人台空着
取餐前，我用五秒
扫描餐厅，没有说汉语的人
昨夜大堂几个用汉语
窃窃私语的人，应该还在
异国他乡的梦中
我取了意粉，洋葱圈，银鳕鱼
咖喱鸡块，草莓酸奶放到餐桌上
用缓慢的手势比划服务员
是否有小米粥和茶
此时，有两个金发蓝眼睛进来
他们好像看见我手语的吃力费劲
宁愿等待，也不坐到我对面的
空位上。他们肯定是想
坐到一个说英语的餐桌
即使拥挤，也比相对无语自在

直到我吃完早餐
我对面的座位一直空着
这是语言留出的空位

2019.10.3

钻词语牛角尖的人

我在写一首老虎的诗里
将老虎身上的条纹写成斑点
钻词语牛角尖的人
从斑点入手
条分缕析后
说我写了一首豹子的好诗

2019.3.25

当蜜蜂爱上罂粟花

当蜜蜂爱上罂粟花
大海的蔚蓝爱上海水的苦涩
蚯蚓爱上泥土深处的黑暗
露珠爱上让它在晨风中坠落的草尖
雪花爱上让它泪流满面的阳光
蚂蚁爱上从天而降的雨水
乌云爱上瞬间消失的闪电
我知道，一生是多么短暂
有多少爱，是我来不及去爱的

2019.1.12

高 原

高原是高山与平原的和解
我来自高山，你来自平原
此刻，我们站在高原上
将羊群当作为我们留下来的
弥漫着青草气息的白云
风中的经幡修改了
我们与世界的契约

2012.4

把 握

我说把握自己时
我对从梦中的泥沼里挣扎上岸的
那个自己是谁没有把握
把握当下已是我的口头禅
但一阵狂风后，刺槐树上
还有几片黄叶我没有把握
这次一定要把握机会
我紧握拳头，咬牙切齿
这个机会会不会成为许多年后
不忍提及的忌讳我没有把握
我把握红缨枪时能听到我的指节在响
能不能走过山冈上那片坟地
不出一身冷汗我没有把握
沸腾的星空已渐渐平静
我告诉你那个我把握你最紧的夜晚
是我对你最没把握的夜晚
把握是动词，把握也是名词
无数个夜晚过去了

我在灯下所有的努力
就是能把夜晚的动词把握
转换成黎明的名词把握

2019.3.18

美好的早晨

一阵风
刚刚够叫醒小草
刚刚够小草伸伸腰
而不会摇落
草尖上的露珠
我担心露珠
在一天的开始
就破碎是多余的
一只小瓢虫
沿着草的茎秆
向草尖慢慢走去
草尖上的露珠
是它一天的甘泉

2018.10.23

熬

你在熬汤
我在熬夜

失眠的文火
将黑夜的海带
在骨头的沸腾里
熬成黎明的汤汁

词语的盐
在诗银色的勺子里
有多精确
才是我们共同的口味

2018.7

油炸花生米

是炸花生米的油渗进去
还是花生米里的油渗出来
才有了又香又脆的花生米
油炸花生米是我
最喜欢的下酒菜
我不记得是哪次喝酒
喝出了这样的疑问
直到我写了一首好诗
才有了自己满意的解答
一颗让人回味的油炸花生米
炸花生米的油要渗进去
花生米里的油也要渗出来
就像一首好诗
经验要渗进去
情感要渗出来

2020.1.8

遇见你之前

布谷还没改名叫杜鹃
冬虫不相信有一个春天就能变成夏草

礁石渴望从身体内部开出浪花
天涯尽头，一只鹰想在云里安家

月亮正在为磨好镰刀后收割什么发愁
彩虹的天梯上没有人愿意从梦中醒来

蜡烛没想过流泪就能发出温暖的光
药罐不知道良药有黄连就会有甘草

落叶在风中偿还一棵树对大地的欠债
雷声在为一朵不愿下雨的云鼓倒掌

河流穿着旋涡的鞋起舞
大海因一艘沉船让岸烙满波涛的伤痕

2018.6

酒话

话是下酒的菜
我不沉默
你不会滔滔不绝
你喝醉
是因为你清醒
我没醉
是因为我糊涂
经历那么多苦痛
你不笑
我不会哭
人世寒凉
不经煎熬
水的肉体
怎能有火的灵魂
上天的恩赐
让我们都乐杯中物
山高水长
不然，我和你
会为世上名
你死我活

2020.3.7

压 榨

我曾在小学二年级的煤油灯下
一遍一遍抄写这个词

直到我每天早餐能喝上
鲜橙汁

我才觉得这个词
没那么苦涩

2018.5

残局

远去了
当年的车辚辚
当年的马萧萧
远去了
当年大象渴望渡过的河边
隆隆的炮声
当年士卒试着翻过的院墙里
悠闲的散步
远去了
当年我弃车保帅的勇气
当年你连将我三军的威风
对弈一生
如今我是一枚闲棋
你已成一粒冷子
我们的棋局已注定是残局
但我们仍在一张棋盘上
仍在一张棋桌边
这已足够幸运
你原谅我一生棋艺无长进
我钟爱你一生输赢不悔棋

2018.2

只有墨水能止渴

一

只有墨水能止渴
我的每个毛孔都是一张时间之嘴
在文字中呼吸。万花筒里
我颠来倒去，像一只苍蝇
在工业遗留下的垃圾中
寻找生活的细节和精神的碎片
来去匆匆的人们，复制的目光
茫然而空洞，看不见叶子的背面
只有你，始终相信我是一只蜜蜂
勤劳，执着，孤独而高傲
在黑暗的花朵里酿造诗歌的蜜汁
尘世喧嚣，大地贫瘠，只有你
能从我翅膀每一次的轻轻颤动
听见我内心沉沉的歌声

二

你说，一滴泪，能让大海涨潮

能让海岸线，成为水中一条秘密的路
通向孤独之途。这是因为我站在海边吗？
我渴望像鱼一样，在水中说话
在盐的刺痛下接近事物的本质
你说你能在一滴水里听见鱼脉搏的跳动
我在去远方的路上，被风吹着
灯芯草的折断，让我停下脚步
你说你的一根头发，能让每一缕风
有了秩序和方向。我诗中那一行行
错过春天的痛惜，只因为你的微笑
杜鹃花擦干一场大雨的泪水
即使大雪纷飞也不会凋谢
即使末日来临也不会厌倦自己的芳香

三

遥望苍鹰，谁不去远方
站在高处，谁不梦想天堂
雪山给大地加冕，云朵因为天空缠绵
阳光为我们重新安排了一切
我们在一粒天边的沙里
构筑自己的城堡，童话中能住下的
城堡里都能住下。某一天
在可不可预知中降临，年轮的文身

会让我们陷入需要一生的耐心
才能清理完毕的杂物间
那一页页被青春揉皱的记忆的银箔
放进哪个遗忘的抽屉能被岁月抹平
我们不再飞翔，平静的暮色中
我们慢慢收起尘世的翅膀

四

月光下的大海，在巨大而苍茫的徘徊中
让礁石听到了波涛细微的寂寞
如果不去海边走走，和大海一起
思考虚无的彼岸，在黎明降临前
有没有一条林间小路带我们
去一趟弗罗斯特的诗中
我喜欢的小路都通向乡野和田园
而你说到过的小路都陪着
海德格尔走进哲学和语言的迷宫
没有人能在沙滩上走出一条路
大海会收走每一个来看望它的脚印
迷航的人就是沿着这些脚印
找到归路。模仿一只小小的贝壳
置身荒漠，胸中也回荡着大海的涛声

五

多美呵，众人的赞叹发自内心
但山谷的回声掩盖不了他们
与生俱来的肤浅。那肤浅中的快乐
是你最不愿看到的，你只有沉默
你不忍心说出美丽这个词
这些蝴蝶，这些风中飞翔的花朵
这些彩虹中舞蹈的精灵
十天后就会安静地死去
就会像一片落叶被另一片落叶覆盖
就会像一阵风被另一阵风吹走
秋虫在进入冬天的睡梦之前
用游丝一样的气息吟唱着岁月的挽歌
你能听见，你能在悲悯中
为一切生灵祝福，但蝴蝶不会听见

六

在马路边等你，我念想能看见一辆马车
威风凛凛的位子上坐着弱不禁风的你
你穿一身粉红的古装，看不见的脚上
是一双绣花鞋。赶车的是一个老头
鹤发童颜，慈眉善目，他不认识你

但一口一个闺女，让你在异乡有了亲人
看见我，你用下弦月夜擦过眼泪的黄手绢
招呼我上车，然后你让赶车人逆行
经过老街，小巷和郊区，经过一棵五百年的柏树
到一个古代的乡村。我们在那里栖居
男耕女织，教儿女识字，读四书五经
按你的韵脚，我在宣纸上为你填词作赋
利用午睡的时间，我虚构了上面的情节
我的下午因为这样的虚构显得真实

七

在赶赴盛宴的途中有一片沼泽地
蛇在跳着毒舞，鳄鱼在磨着剑牙
我说不去了吧，山珍海味没有粗茶淡饭长久
曲终人散后，往往是杯盘狼藉
只有安静，才是喧闹中最大的力量
你说，这是命运的邀请
拒绝，意味着放弃一切的可能
途中的挣扎，就是不可复制的经验
走过这片沼泽，会有鲜花在雪中开放
会有白鸽从午夜的星光中飞来
我们走吧，用冷静让蛇在夏天冬眠
用伪装让鳄鱼在饥饿时沉睡

我们看见了餐桌，一只孤独的盘子里
剧毒的河豚散发着迷人的清香

八

灯静静地亮着，我猜想你在屋里
读一本线装书，或写一首不分行的诗
温一壶黄酒忆旧，或品一杯绿茶预言
不可避免的时刻。世界的夜晚
一个角落的思考让白昼提前来临
你在刀锋上的行走闪着灵光
黑夜里盲目的人点燃黎明的眼睛
我从荒漠赶来，手的惊慌
让深夜的敲门声迟迟没有响起
我能从你紧锁的门前走过
我能在你的灯光里留下身影
就是石头开花，哑巴说话
我那些挽歌中破碎的山河
从此莺飞草长，枝繁叶茂

2009.10

九月叙事曲

九月的第一天，我在哭声里遇见世界
这无法选择的哭声让九月
成了我一生中泪水最多的月份
八月有三十一天，我仍然和八月擦肩而过
八月的最后一天为我的到来做了怎样的挣扎
这漫长的一天没能在命运的暗夜
点亮岁月的灯盏

九月的一个傍晚，我骑在牛背上
在最后一缕夕阳消逝在炊烟的瞬间
我从广播里听见毛主席逝世，在课本的第一页
毛主席永远红光满面，对着孩子们微笑
我哭了，是母亲和外婆一起哭我才哭的
那夜的月亮在乌云里失明
第二天早晨的太阳只有十五瓦的亮光

正午的四等小站，我挤上梦想的火车
妻子撑着雨伞站在站台

车窗玻璃上的雨水是我愧疚的眼泪在流淌
我在九月下海了，我的孤独
从此成了岛屿的孤独
海水包围着我，我听到的波浪
都是一个异乡人梦醒时分的呜咽

世贸大厦着火时，我刚洗完冷水澡
女儿写完作业，打开凤凰卫视大喊了一声
她害怕了，让我陪着她看电视直播
这是我女儿第一次看见钢铁的美国在流泪
在女儿的印象里，美国是万宝路广告上的西部牛仔
两架美国自己制造的飞机让九月的墨水
在报纸的头条用最大的字体为美国哭泣

黑白电影里，九月的黄河和长江是用来哭泣的
硝烟远去了，但钟声不会沉寂
九月十八日的南京，我看见的每一人
都是悲伤的，每一块石头都浸泡着血泪
三十万人的骨头面前，一群红领巾在宣誓
几个日本老人，他们的白发和忏悔让我感动
翻译告诉我，他们来自广岛和长崎

母亲在九月上山了，草一样卑微的
母亲，在九月站到了高处
我哭干了今生剩下的全部泪水
我从此看到的每一座山都像坟茔
我在九月出生，母亲在九月死去
里尔克在秋日里说，谁此时孤独就永远孤独
我在内心默祷，九月上山的母亲四季平安

2006.9

修坟

母亲　儿子给你盖房子来了
儿子要让你在大地上住不漏雨的房子
住北风吹不掉屋顶的房子
你一生有关节炎
儿子不能让你只剩下骨头还患风湿
你一生在为怎样挨过冬天夜不能寐
儿子不能让你一生最后一觉焐不热被子
你坟前的槐树　在不停摇头
母亲　你是不是认不出儿子
儿子有三年没回家看你
你说　起风了　眼睛有些迷糊
即使一百年不见　母亲
都会在陌生的人群中一眼瞅出自己的儿子
母亲　你住上好房子后
会不会像你在城里住的那几天
天一黑就找不到你儿子的家门
你说城里的灯比天上的星星还多
不像乡下　认准一盏灯就能回家

有一间好房子　住在乡下
你就哪儿也不去了
母亲　你一生第二次出远门就到了天堂
你什么时候回来　母亲
儿子给你盖了能住一万年的房子
我看到磷火了
这是不是你提着灯走在回家的路上
母亲

2003.6

母亲活着

闭上眼睛就看见母亲在风中等我回家
肚子饿了就听见母亲叫我吃油盐饭
母亲活着　活在泥土之中
活着的母亲　用墓碑抚摸我冰凉的脸
用旷野的风吹动坟头的青草
为我擦干浑浊的泪滴
母亲让我的膝盖渗出血迹
告诉我还有很多路要走很长的日子要过
跪得太久往后怎能伸得直腰杆
敲打墓地不是敲打盼归的门环
儿呀　你不要太用力
用血汗养大六个儿女的母亲呵
一生不吃鱼肉的母亲
每到清明节就会愁容满面
买什么样的锅碗瓢盆
穿什么样的衣服鞋袜
能花完这一堆一堆的纸钱

2002.4

在雨中送母亲上山

1

我在你的病床前答应过你
母亲，送你上山的那天，我不哭
家门口的倒水河哭，我也不哭
磨坊里百年的老石磨哭，我也不哭
灶台上的盐罐哭，我也不哭

不怕地动山摇，不怕洪水滔天
你一辈子最害怕的，就是我哭
在摇篮没奶水，你怕我饿得哭
刮白毛风穿破裆裤，你怕我冻得哭
和张家恶少打架，你怕我痛得哭
不让我在有水鬼的池塘玩水，你怕我气得哭
黄昏路过一片坟地，你怕我惊吓得哭
最简单的试题写错答案，你怕我伤心得哭
一个人的中秋节，你怕我想吃高粱汤圆想得哭

是父亲哭，我才开始哭的

是婶娘媳妇们哭，我才开始哭的
是兄弟姐妹哭，我才开始哭的
是我的女儿哭，我才开始哭的
是天下雨了，母亲，我才开始哭的

母亲，乌云在槐树梢为你缠上黑纱
母亲，树叶在大地上为你铺开挽联
母亲，鸦鹊在屋顶上为你唱起哀歌
母亲，我不能不背弃我的承诺
母亲，我哭了

2

母亲，你千疮百孔的胃
即使塞满打火石也不再痛了
母亲，从此以后阴雨连三月
你的关节炎也不会复发了
母亲，今年冬天的水缸冻破了
你的手脚也不会生冻疮了

你高了半辈子的血压在半夜里降下来了
你弯了一辈子的腰现在挺直了

你不再为柴米油盐前思后想
你不再为家长里短左顾右盼

你用瞬间的死化解漫长的疼痛
你用安详的死降伏凶煞的病魔
你用睡着一样的死让自己死一样睡着
从此，我能叫醒墓碑也叫不醒你
从此，我能叫醒大山也叫不醒你

3

母亲，在你的棺木前点着两盏油灯
这两盏油灯要照你三天三夜
这祖传的油灯是让你闭上眼睛
也能看见人世间的光亮
你走夜路从山上下来能找到家门
我在梦中能听到你敲打门环

母亲，油灯下的母亲
是在纳千层鞋底的母亲
是在缝补浆洗的母亲
是在纺线织布的母亲

是在教妹妹绣腊梅花的母亲
是在为走远路的父亲准备干粮的母亲
是在为上早学的我炒油盐饭的母亲

油灯延长了母亲的白天
油灯熬干了母亲的生命
油灯下的母亲一脸慈祥
油灯下的母亲满眼期盼

4

母亲，我把你的棺木漆成大红色
棺木上盖着亲朋送给你的毛毯
毛毯上开着大红大红的花
穿了一辈子粗黑棉布衣的母亲
住了一辈子土墙黑瓦房的母亲
一辈子贫血的母亲
从今天起，我让红色时时刻刻陪着你
让你的世界从此充满
新娘出嫁时盖头纱巾的颜色
过年时家家户户春联的颜色
燕子飞来时山坡上杜鹃开花的颜色

秋风吹过后枣树上蜜枣的颜色

母亲，当这么多红色映红你的脸时
你在哪里对镜梳妆
你在哪里低头微笑

5

从老屋到墓地，只有一里路
但我选了一条六里长的路
我要抬着你绕村一周
我要你再去一次你常去的地方

你的追悼会在老枫树下开
全村男女老少都来送你远行
在这棵树下，母亲
你拄着拐杖最后一次迎接我回家的
那个黄昏，大雪覆盖了你的双脚

碾子岗的菜园，你栽种的韭菜
从此是我割不断的一行行思念
刀背岭的麦地，你在太阳下割麦

已成一尊悯农的雕像矗立在我心中
你割麦的镰刀，我将用来割菖蒲和艾蒿
保护你不被游神野鬼欺负
放牛山下的村小学，不识字的你
用放牛的鞭子追赶我上学
我在前面跑，你在我身后泪流满面

母亲，你不要嫌路远
我和哥哥，还有你最壮实的侄儿们抬着你走
走到天边你也不用挪动脚步
母亲，你不要怕天黑
唢呐，锣鼓，鞭炮，乡村最响亮的声音
都在为你的一路平安祈祷

母亲，你千万别责怪老天
在你最后一次出门下起大雨
这一路的泥泞，牵扯着我的双脚
让我走慢些，再慢些
让我在这条路上留下最深的脚印
让我多陪伴你一会儿

6

母亲，你上山了
你曾在春天的山上抽茅针
你曾在夏天的山上采艾叶
你曾在秋天的山上打松果
你曾在冬天的山上拾木柴
你熟悉山上的每一道沟坎
你认识山上的每一块石头
而今天，母亲，你就住这儿了
这山，比我在城里住的楼房高
但你不会眩晕
不用忧心从六楼的阳台上掉下来

母亲，你上山了
你上山后，山上就多了一座山
我在这座山前跪下
我在这座山前给你磕头
我一辈子比水还低的母亲
因为这座山站到了高处
我一辈子像草一样卑微的母亲
在这座山上伟大

7

母亲，在送你上山的路上
雨没停止过下，我没停止过哭
我就是因为答应过你不哭
才哭得伤心欲绝的
我的泪流了六里路长
我把今生剩下的泪水都哭干

母亲，我是趁你睡着了才哭的
你即使被我哭醒了
你也不知道我在哭
雨一直在下
雨水湿透我全身
雨水遮盖了我所有的泪水

2000.9

母亲的墓志铭

让她的死轻如鸿毛吧
因为，她五十九岁的一生中的每一天
都沉重于泰山

2014.9.21

残忍的部分

从飞蛾扑向煤油灯
发出的嗞嗞声
我听见了飞蛾的疼痛
但我没有驱赶飞蛾
我看见飞蛾向煤油灯
扑击三次，就能将灯芯上
凝结的黑色灯花扑掉
煤油灯因此会增加亮度
为一家人有个温暖的冬天
母亲在灯下纳棉鞋
母亲眼睛不好
须要有明亮的灯
才不会让纳棉鞋的针
扎到母亲冻裂的手指
为了母亲少一点疼痛
我没有去制止飞蛾的疼痛
成了我童年残忍的部分

2019.1.15

蚯蚓的呻吟

母亲告诉我
蚯蚓也会呻吟
母亲在菜园里挖掘时
一条蚯蚓在母亲的锄头下
断为两截
母亲停止挖掘
走在路上担心踩死蚂蚁的母亲
说蚯蚓在呻吟
我看到断为两截的蚯蚓
在母亲翻新的泥土上
像比赛似的
看哪一截蹦弹得更高
那年我七岁
我人生的第一条刁子鱼
是用蚯蚓作诱饵钓到的
鱼钩落水的瞬间
我听见蚯蚓的呻吟
蚯蚓是无声的

我听见的蚯蚓的呻吟
是母亲的心和我的心
在一起疼

2019.10.20

饥饿之诗

那年我六岁
雷声过后
我看见的星星
是爆米花撒满天空
我一夜不睡
也吃不完

2019.2.16

在邮局填汇款单

写湖北省时，字迹可以潦草
写到红安县三个字，偶尔
还有一两画连笔
写到新建乡龙井冲村
我一笔一画，像小学生
在写生字作业。写到李家塆时
我的手，有点轻轻地颤抖
我担心在李字的头顶多写了一撇
担心家字写得模糊
我曾将李家塆的塆写成
港湾的湾，台湾的湾
结果汇款到父亲手里
比平常晚了二十四天
在收款人的栏目里
我近百次写下卢恩洪
母亲上天后，这个名字
就是我在人世间最珍惜的名字
父亲已经七十岁了

他只愿意待在老家
我希望他还能给我无数次
在汇款单上写他名字的机会
填好汇款单后，我反反复复
校对三遍，比校对自己的诗集还细心
一字不差，一点不错
我才拨打父亲的电话
告诉父亲我给他寄钱了
并叫他想吃想穿什么就买什么
没事就摸几圈五毛钱的小麻将
在牌桌上多说说话
即使输了，也千万不要把钱
放到那个祖传的木匣子里

2007.6

爷爷的皮影

有杀父之仇的
有夺妻之恨的
有兄弟反目的
有势不两立的
这些侠客武士
这些绿林好汉
这些江洋大盗
这些小丑毛贼
他们打打杀杀了上百年
他们在每个村寨
都留下嘶吼和痛哭
而此时他们在爷爷
留下的木箱子里
安静而又亲密
他们庆幸自己都是牛皮做的
历经百年仍眉目清晰
身体硬朗
爷爷走后

他们是否已经和解
他们色彩斑斓的笑容里
是否还藏着无形的刀枪
如果我告诉他们
我准备把他们送到县博物馆
让他们在讲解员标准的普通话里
回到他们的角色里
他们是否还有泣血喊杀的冲动

2020.7.9

父亲的孤独

一夜风吹，院子里
落满泡桐树叶
我不知道父亲是什么时候起床的
我看见父亲时，他已经将院子里
所有的泡桐树叶
围拢到泡桐树的根脚处
初冬的故乡，风在池塘的水面
磨着刺骨的刀，用不了半天
这些树叶会再次撒满院子
第二天清晨，我看见父亲
在院子里将前一天的事情重复了一次
从父亲挥动扫帚的力量
我知道父亲希望那些树叶
围着泡桐树再紧一点
最好是风不再将那些树叶吹散

2013.10

父亲的火车

父亲七十岁了，一个人
住在乡下。每次打电话
我都对父亲说，年岁大了
一个人孤单，到城里住热闹
父亲说，乡下通火车了
每晚都有火车从村头路过
清明节，我回老家给母亲修坟
陪父亲住了一夜
在细雨中听父亲讲村里的
婚丧嫁娶，生老病死
过十二点了，父亲说
火车快要来了，不到五分钟
我就听见火车的汽笛
翻山越岭，抵达泡桐树掩遮的村庄
父亲说，今夜的汽笛
好像比往常拉得长
父亲说这句话时
语调低沉，语速缓慢

脸上的表情是要挽留住什么
十五瓦的灯光把父亲的背影
印在斑驳的墙上。窗外，雨在淅沥
我眼睛湿润，从那长长的汽笛
听见火车在旷野的孤独
和火车远去后
村庄与父亲的孤单

2008.5

父亲和雪

父亲一辈子都在盼望
每年冬天下几场大雪
父亲说冬天不下雪
明年吃什么
好像雪就是大米和面粉
雪化了就是这些大米
和面粉渗进泥土
父亲所有的劳作
就是用犁耙和锄头
将泥土下的大米和面粉
精耕细作出来
化雪后稻田结冰了
父亲说这是一面面镜子
能照见一个好收成
父亲一辈子没说过瑞雪兆丰年
瑞雪只落在诗里
落在纸上
落在书面语里

父亲只会说土话
说土话的父亲一辈子
都在盼望雪落到土里

2021.5.26

成长史

给父亲抓完药
母亲给我买了两个鸡蛋
头天晚上，星星闪亮
母亲就说要带我到镇上
看看汽车，见见世面
还要奖励我鸡蛋
我瘦小，面黄，额头长包
父亲生病后，我有一个月
没见过鸡蛋。从村里到镇上
要过一条河，枯水季节
可以直接从河滩走过去
比过桥要少走一里路
母亲给我剥鸡蛋，看着我吃完
看着我用手擦了擦嘴巴
母亲左手提着父亲的药
药里有黄连，也有甘草
右手牵着五岁的我
从河滩往回走

走上河堤时，母亲说
这一河的卵石要是鸡蛋该多好哇
母亲说这句话的声音
跟在耳背的爷爷面前
说话的声音一样大
也许是吃到鸡蛋高兴了
也许是听懂了母亲的话
从镇上回来，十里山路
我只让母亲牵着我
回到家里，母亲当着父亲的面
夸我，平儿长大了
村里七八个五岁的小孩
就平儿不要人背
从镇上自己走回来

2018.8

走 丢

我看见父亲时
他还在公告栏前
念念有词
公告栏上有四则
走丢的消息
一个小孩，三个大人
父亲识字不多
但一辈子保持着
只要有他认识的字
看报，翻书，看见标语牌
他都会念出声来
仿佛父亲是有意要证明
他念过小学
我不知道父亲
在公告栏前站了多久
走丢的消息念了几次
他到城里住的几个月里
每天在小区附近走一节课的路

但今天三节课了还没回来
桌上的饭菜快凉了
我担心父亲走丢
父亲看见我
知道我是出来找他的
对我说，放心
回家的路他熟
他不会走丢的
走到小区门口的十字路口
父亲问我，城里的路
笔直，宽敞，明亮
怎么还有人走丢
乡下的路
弯曲，窄小，灰暗
祖祖辈辈没听说过
有谁走丢

2020.2.19

就是这个人间

母亲在九天之上
父亲在九泉之下

从九泉之下到九天之上
隔着一个人间

就是这个人间
让九天之上和九泉之下
成为同一个地方

就像父亲和母亲
葬在同一个山丘

2018.10.8

正 反

你在隔壁
你墙的正面
是我墙的反面
你正面是白色的
我反面就是白色的
我正面是向日葵
你反面就是向日葵
你正面的钉子松动
我反面的钉子就松动
我正面的壁虎睡着了
你反面的壁虎就睡着了
一道墙用钢筋水泥
让我们听不见彼此的叹息
又用它的正反让我们
承受一座楼宇的重量和压力
一道墙用它的无法推倒
让我们陌生
又用它的正反让我们
每一天都熟悉

2021.6.15

秋千记

这秋千是孩子们玩的
秋千架不到一棵
三年的槐树高
秋千绳能承受的重量
跟你考大学那年你挑起的
一担水差不多
你人到中年那么发福
这秋千怎能经得起你晃悠
秋千架裂了
你的骨头没裂
秋千绳断了
你的韧带没断
一点皮肉伤是家乡用疼痛
让你记住当年和你
一起荡秋千的伙伴
你笑了笑比哭还难看
你知道这次比儿时任何一次
从秋千上掉下来都疼

但你只能忍着不流泪
更不能用哇哇的哭声
叫来大人一边给你抹泪
一边给你米糖

2021.6.7

随想曲

一扇黑暗的门
最黑最黑的暗处
藏着光亮的锁孔

如果我醒着
我会告诉在海水里的每一个人
大海的平静
是鲨鱼在酣睡

当你和你哭的那个人
被岁月复制成同一个人
你还会为谁哭

判决书上写满罪状
但纸是无辜的

2021.5.30

粉笔灰

陈老师是我小学的语文老师
读过私塾
会背三字经
毛笔字写得周正
会让我明白月亮下的
李白对影成三人
会让我在山沟里看见杜甫的
两个黄鹂和一行白鹭
看见他的头发白了
像粉笔灰一样白
我问他
你每次上完课后
都会拍一拍身上的粉笔灰
为什么那些粉笔灰
都跑到你头发上去了
陈老师笑了笑
没有回答我的提问
这是我小学五年

他唯一一次没回答我的提问
一个吃一辈子粉笔灰的人
没回答我粉笔灰的提问
就像我的父亲
一辈子走在弯弯曲曲的田埂上
没回答我一个正直的人
怎样才能少走弯路

2021.4.16

睡前书

我必须物归原主
把白天借来的还回去
才能从夜晚取回睡梦
把早晨的络活喜还给罗医生
把上午大会议室的会议纪要还给纪处长
把中午饭堂的小道消息还给小姚
把下午不放糖的咖啡还给老唐
我必须物归原主
把睡前借来的还回去
才能从睡梦中取回明天的生活
把晚餐独酌时的将进酒还给李白
把米沃什的礼物还给米沃什
把一首没写完的大海还给墨水

2021.4.13

惊恐

一个乡野少年
在放学路上
害怕雷声
可他看见一团团乌云
在雷声中
像一台台黑色的拖拉机
在天空的机耕路上
突突突突地奔跑
他更担心没有雷声
这满天的拖拉机
会熄火掉下来
砸到他头上

2021.4.9

清 夜

风吹动白桦
月亮在白桦的摇晃中
成为天空的钟摆

云在飘忽
让星星的闪烁其词
更加狡黠神秘

露水在草尖
挂一串串灯笼
它们按自己的想法点亮黎明

2021.3.21

春天的酿酒师

在油菜花海里
我醉了
我是听见第十个游客
这样说时
才感到一阵微醺的
每个游客都在用我醉了
这句话和我的眼睛干杯
这无边无际的金黄
这弥漫天地的芬芳
那些蜜蜂
春天里最忙碌的精灵
在酿蜜之后
跟谁学会了酿酒的技艺

2021.3.13

音乐会

枝条上冒出
一串串毛茸茸的嫩芽
像被雨丝淋湿的
乐谱上的音符
小鸟从一根枝条
跳到另一根枝条
在每根枝条上停顿的瞬间
小鸟发出清脆的叫声
跳跃是小鸟的休止符
我没有去数有多少只小鸟
就像我不会去数
一支乐队有多少乐手
我不知道哪只小鸟
是首席乐手
每一根枝条
都是柔软的指挥棒
在春风的指挥下
演奏黎明的音乐会

2021.3.3

鸽子

一只鸽子
从树上掉下来
道听途说的人
围着奄奄一息的鸽子
高谈阔论
指桑骂槐
幸灾乐祸
怨天尤人
唯一的目击者
沉默着
在人群中寻找
身藏弹弓的人

2021.1.20

太阳在你身后将你点燃

太阳在你身后将你点燃
你的影子
就是你燃烧后
留在大地上的
灰烬

2020.12.26

翻译

用岛屿的孤独
翻译大海的辽阔
用浪花的白
翻译海水的蓝
用海鸥的翅膀
翻译风中的帆
用无法打捞的沉船
翻译一滴水的愧疚
用闪烁的渔火
翻译涛声的睡意
用潮涨潮落
翻译月亮的圆缺
用沸腾的黑暗
翻译静谧的群星

2020.10.20

点 灯

夏夜
我在一块石头上
踩碎一只死去的萤火虫
我想让一盏熄灭的灯
再熄灭一次
一道亮光
照亮石头也照亮
黑皮鞋的鞋底
我从此知道
死去的萤火虫
五脏六腑里
还点着那么多盏灯
这让我想起山上坟地
每年都有人看见磷火
人死后
骨头里亮着的灯不灭
在这个世界
总有一些时候
是死者在点灯

2020.9.28

赌徒的困惑

每次输得只剩下骰子时
他才发现
骰子的六个侧面
每个侧面上的每一个点
都是一只眼睛
骰子每次被掷出后
这些五颜六色的眼睛
都无辜地望着他

2020.9.15

瓷上的火焰

瓷上的火焰
是瓷画师点燃的
瓷画师已作古
他点燃的火焰不会熄灭
即使是将瓷打碎
每一个碎片
都会火星四溅
这是瓷画师的绝技
也是瓷的秘笈
瓷土里要凝固多少火焰
才能成为瓷
才能让瓷上的火焰
即使冰凉
也不熄灭

2020.8.3

脑溢血

当我得知他死于脑溢血时
我在记事本上写下
他溺死在自己的血里
他有满腔的热血
他曾日夜沸腾
他说他的血液会让他的心脏
成为永动机
他说他的血液能让他
在一滴泪水里看见大海
在沙漠里能听见轰鸣的涛声
他拒绝进口的药水
稀释他的血液
他没想到西西弗斯的巨石
会在他思考的沟壑里
堵住他的血液
形成了失语的堰塞湖
他溺死在自己的血里

2020.7.15

拦鲨网

在拦鲨网外
一百海里的海域
从来就没有出现过鲨鱼
拦鲨网拦住的
是每一个在拦鲨网内
游泳的人
那不存在的鲨鱼
因为一张网
时时在波浪里
闪着剑齿的寒光

2020.6.10

偏头痛

他几次在岔路口的
正确判断
都是他偏头痛
最厉害的时候
尽管如此
他从不认为
是疼痛让他清醒
他是一个对生活
充满偏见的人
也许正因为一次次的偏见
让无法治愈的偏头痛
成了命运中
唯一的校正方式

2020.6.8

拔河

我把绳子的一端
用一个死结捆绑在一棵树上
我在绳子的另一端
用尽全力拉拽
我在地上和一棵向着
天空生长的树拔河
从早晨到黄昏
从白天到夜晚
我在树不断长大中
变得越来越小
直到我小成一只蚂蚁
我仍能听到树叶
在风中为我鼓掌
我知道我会输
输成蚍蜉撼树
但我相信树的年轮里
有和我拔河的记忆

2020.6.3

清晨的功课

我的书房
正对着太阳
每天清晨
我会根据我醒来时
太阳升起的高度
决定我拉开书房
窗帘的幅度
我要让我的书房
既明亮又不刺眼
我要让一本书的折痕
既清晰又不伤及文字
多少年来
这是我清晨
必做的功课
我用拉窗帘的
幅度和频率
调试我生活的明暗度
和悲喜的节奏

2020.5.16

熬过夜的人

太阳出来了
万物欢天喜地
熬过夜的人
想起太阳的灿烂里
有露珠的灯盏
那草尖上
无数的露珠的灯盏
为太阳的升起
在暗夜里
睁着不熄的眼睛

2020.4.23

断 句

天空是雄鹰辽阔的牢笼
大海是鲸鱼浩瀚的枷锁

2020.4.18

惊醒之后

惊醒之后
我会在床上再躺几分钟
我用这几分钟
确认那个在梦中
进入重症监护室的人
已转危为安
那个在梦中负气远行的人
已找到回家的路
那个在梦中被眼镜蛇咬伤
脚后跟的人已及时注射了血清
那个在梦中经常在考卷上
写错自己名字的人
这次一笔一画都正确
那个在梦中抱着沉船的断桨
在海水中挣扎的人已上岸
那个在梦中吼叫着要杀人的人
已偷偷地放下了尖刀
那个在梦中被怒火烧红眼睛的人

已心如止水
那个在梦中泪流满面的人
已迎着朝霞露出微笑
我将在他的微笑里起床
开始一天的忙碌

2020.4.15

诗 规

在成为诗人的单行线上
诗的警察手持意义的证件在执法
哪个反义词因为矛盾修辞允许逆行
哪个近义词因为陌生化在酒驾
哪个形容词随意打开抒情的远光灯
哪个副词在意义的副驾驶位置上
没系上逻辑的安全带
哪个感叹词因为情感的超载
而让经验的轮子爆胎
哪个名词因为是新手
在语境的转弯处中左顾右盼
哪个动词因为准确的刹车失灵
经常压到形象的双实线

哪个象声词在记忆的倒视镜正在状物时
随意按响通感的喇叭
哪个陈旧的词因为语气的尾气超标
而污染诗的意境
哪首诗越过模仿的黄灯闯抄袭的红灯
而让一个诗人诗毁人亡

2020.5.2